옮긴이말

náhitelé

보후밀 흐라발
소설집

이야기꾼들

송순섭, 김경옥
옮김

민음사

엄중히
감시받는 열차

Ostře Sledované
Vlaky

바로 올해, 그러니까 1945년 이미 독일은 우리 마을 하늘에 대한 제공권을 잃었다. 그건 사실상 우리나라 전역에 대한 제공권을 잃었다는 뜻이다. 잦은 급강하폭격기 공습으로 열차 운행이 제때 이뤄지지 않았다. 오전 열차는 정오에, 오후 열차는 저녁에, 저녁 열차는 밤에 운행되기 일쑤였다. 그러다 보니 가끔 운행 시간표대로 분까지 딱 맞춰 도착하는 오후 열차가 보이기도 했다. 사실 그건 네 시간 연착한 오전 여객열차였다.

이틀 전에 우리 마을 상공에서 독일군 전투기가 연합군 전투기의 총격을 받았다. 독일군 전투기는 한쪽 날개가 떨어져 나갔고, 그다음에 동체가 불이 붙은 채 들판 어딘가로 추락했다. 날개가 동체에서 떨어져 나갈 때 풀린 볼트, 너트 같은 나사들이 우수수 마을 광장에 쏟아졌다. 머리를 쪼듯 여자들

머리 위로 떨어지기도 했다. 날개는 마을 상공을 선회하며 떨어져 내렸다. 그걸 지켜보던 사람들은 날개가 삐걱대며 광장 위로 떨어지는 순간을 목격할 수 있었다. 광장 양쪽 식당에서 우르르 손님들이 밖으로 몰려나왔다. 날개 그림자가 광장 이쪽저쪽으로 흔들리는 모습이 보였다. 사람들은 광장 한쪽으로 우르르 몰려갔다가 다시 조금 전에 있었던 자리로 우르르 돌아갔다가 했다. 거대한 시계추처럼 날개가 계속 움직였다. 금방이라도 바닥에 떨어질 듯 보이는 방향으로 뛰어가다 보면 날개는 반대 방향으로 움직이고 있었다. 그때마다 아쉬워하는 사람들의 탄성이 터져 나왔고, 날개 삐걱대는 소리가 점점 더 가깝게 들려왔다. 곧이어 날개가 아래로 툭 떨어지며 사제관 마당에 추락했다.

그리고 5분도 채 안 지나 추락한 날개의 얇은 금속판은 흔적도 없이 모두 사라졌다. 마을 사람들이 모조리 떼어가 버린 것이었다. 그다음 날 금속판은 토끼장이나 닭장의 지붕으로 둔갑해 있었다. 그날 오후 내내 훔쳐 온 금속판을 이리저리 잘라내어 저녁 무렵엔 오토바이용 정강이 보호대를 멋지게 만들어 낸 사람도 있었다. 이렇게 사라져 버린 건 비행기 날개만이 아니었다. 마을 외곽 눈 덮인 들판에 추락한, 독일제국 비행기 동체의 판금과 부품들도 마찬가지였다.

나는 공중전이 벌어지고 한 30분쯤 됐을 때 추락한 동체를 보러 자전거를 타고 현장으로 달려갔다. 가는 도중에 약탈한 것을 손수레에 잔뜩 싣고 오는 마을 사람들을 만났다. 도대체 저런 걸 어디에 쓰려고 들고 가는지 이해가 되지 않았다. 나는 힘껏 페달을 밟았다. 어서 빨리 추락한 비행기를 구경하고 싶은 마음뿐이었다. 나는 저렇게 욕심 많은 사람을 참을 수가 없었다. 저따위 잡동사니 같은 물건들을 왜 주워 모으려고 하는 걸까?

쌓인 눈이 밟히고 다져져 검게 타버린 비행기 동체까지 길이 나 있었다. 그 길을 따라 은제 관악기 같은 걸 손에 들고 걸어오는 아버지 모습이 보였다. 아버지는 기분이 좋은지 연신 싱글벙글 웃으며 창자처럼 생긴 은색 물건을 흔들었다. 가까이 왔을 때 보니 그건 파이프였다. 독일군 비행기 잔해에서 나온 항공유 도관이었다. 아버지가 그렇게 좋아한 이유를 저녁에 집에 돌아와서야 알게 되었다. 아버지는 그걸 윤이 나게 닦은 후 똑같은 길이로 잘라, 반짝이는 작은 파이프 예순 개로 만들었다. 그런 다음 아버지가 직접 고안한, 연필심이 안으로 들어가는 샤프를 이 작은 파이프들 옆에 나란히 놓았다.

이 세상에서 우리 아버지가 만들지 못하는 물건은 없었다. 비교적 이른 나이인 마흔여덟 살에 퇴직한 뒤 연금을 받으며 한가롭게 살았기 때문에 가능한 일이었다. 스무 살 때부터 기관차를 몰았던 아버지는 퇴직하고 재직 당시 받던 봉급의 두 배에 가까운 연금을 받았다. 그런데 마을 사람들은 아버지를 보면 배가 아팠다. 아버지가 앞으로도 20년, 아니 30년은 더 살 수 있을 것으로 보였기 때문이었다. 게다가 아버지는 연금까지 받으면서도 일하러 나가는 사람들보다 더 일찍 아침에 일어나 온 동네를 돌아다니며, 나사나 편자 등 눈에 띄는 것은 닥치는 대로 주워 모았다. 마을 공동 쓰레기장을 뒤져 어디에도 쓸모없을 것 같은 잡동사니나 온갖 종류의 기계 부품을 집에 들고 와 창고와 다락에 쌓아 놓았다. 그래서 우리 집은 고철이 잔뜩 쌓인 고물상 같았다. 누군가 쓸모없어진 낡은 가구를 버리기라도 하면, 아버지는 냉큼 가서 들고 왔다. 그래서 우리 집에 식구는 고작 세 명인데, 의자는 무려 쉰 개, 탁자는 일곱 개, 카우치도 아홉 개나 있었다. 이 외에도 작은 장, 세면대, 항아리 같은 것이 셀 수도 없이 많이 쌓여 있었다.

하지만 아버지는 여기에 만족하지 않았다. 자전거를 타고 마을 외곽으로, 심지어 더 멀리까지 나가, 갈퀴를 들고 쓰레기장을 뒤졌다. 이렇게 찾아낸 전리품들을 자전거에 하나 가득 싣고 저녁 무렵이 되어서야 집에 돌아오곤 했다. 그 모두가 언젠간 요긴하게 쓰일 때가 있다고 했다. 아버지 말이 맞기도 했다. 마을 사람들은 자동차, 분쇄기, 탈곡기 같은 기계의 부품이 필요한데 생산이 중단되어 구할 수 없을 때면, 우리 집으로 달려왔다. 그럴 때마다 아버지는 잠시 기억을 더듬으며 생각하다가 다락이나 창고 안 어딘가에서 찾아냈다. 아니면 마당에 쌓아 놓은 고철 더미 주위를 빙빙 돌며 헤매다가 어느 한 곳을 뒤져, 찾아온 사람이 원하는 부품을 정확하게 찾아 건네줬다. 아버지가 고철 수집일인 '철의 일요일' 책임자가 된 것도 다 이 때문이었다. 이날만 되면 아버지는 수집한 온갖 종류의 고철을 싣고 기차역으로 가기 전에 잠시 집 앞에 멈췄다. 그리고 집에 쌓여 있는 고철을 조금 갖고 나와 '철의 일요일'을 위해 수집한 고철 더미에 보탰다.

그래도 이웃들은 아버지를 좋게 봐주려 하지 않았다. 그건 어쩌면 증조부 루카시 할아버지 때문일지도 모르겠다. 증조부는 열여덟 살 때부터 연금으로 하루에 금화 한 닢씩을 받았다. 나중에 공화정이 들어선 후에는 바뀐 코루나 화폐로 받았다. 증조부는 1830년에 태어났고, 열여덟 살이 되던 해인 1848년에 육군의 북 치는 고수가 되어 카렐 다리 전투에 참전했다. 이 전투에서 학생들은 다리에 깔린 포석을 파내 군인들을 향해 던졌고, 그 돌에 무릎을 맞은 증조부는 평생 절름발이로 살았다. 이때부터 증조부는 매일 금화 한 닢씩을 연금으로 받았고, 그 돈으로 매일 럼주 한 병과 담배 두 갑을 샀다. 그런데 가만히 집에 앉아 담배를 피우고 럼주를 마셨으면 아무 일 없었을 텐데, 증조부는 그것들을 들고 다리를 절뚝거리며 온 동네를 돌아다녔다. 사람들이 일하는 곳이면 어디든 나타나 자랑하는 걸 재미로 여겼다. 힘들게 일하는 사람들을 보고 싱글싱글 웃으며 가져간 럼주를 마시고 담배를 피웠다. 그래서 증조부는 항상 어딘가에서 흠씬 두들겨 맞곤 했다. 이런 일은 한 해도 거르지 않고 매년 되풀이되었다. 그때마다 할아버지는 증조부를 손수레에 태우고 집으로 돌아와야 했다. 그것도 잠시, 상처가 나을 만하면 증조부는 다시 밖으로 나가 자랑을 하며 돌아다니다가 또다시 사람들한테 무참히 두들겨 맞았다.

오스트리아가 망해서 연금 지급이 중단될 때까지 증조부는 자그마치 70년 동안이나 연금을 받았다. 공화정 시절에는 연금이 줄어 더는 럼주 한 병과 담배 두 갑을 매일 살 수 없었다. 그런데도 증조부는 한 해도 빠짐없이 매년 의식을 잃을 때까지 누군가한테 두들겨 맞았다. 그 이유는 매일 럼주와 담배를 살 수 있었던 지난 70년 세월을 뽐내며 온 동네를 돌아다녔기 때문이었다. 1935년에 증조부는 일하던 채석장이 막 폐쇄된 인부들 앞에서 자랑하며 돌아다니다가, 인부들한테 지독하게 두들겨 맞고 결국 세상을 떴다. 그때 의사는 증조부가 그런 일만 당하지 않았더라도 우리 곁에서 20년은 더 정정하게 살았을 거라고 했다. 마을에 우리 집만큼 그렇게 미움받는 집도 없었다.

'그 아버지에 그 아들'이란 말이 있듯이, 사람들에게 할아버지는 루카시 증조부와 크게 다르지 않은 사람이었다. 할아버지는 조그만 서커스단에서 공연한 적이 있는 최면술사였다. 마을 사람들은 할아버지의 최면술 공연이, 될 수 있으면 인생을 빈둥거리며 한가로이 떠돌아다니고자 하는 할아버지의 야심 찬 노력일 뿐이라고 생각했다. 하지만, 독일이 우리나라를 점령하려고 국경을 넘어 프라하로 진격해 오던 그해 3월, 독일군에 맞서기 위해 앞으로 나선 사람은 오직 우리 할아버지 한 사람뿐이었다. 우리 할아버지 한 사람만이 진격해 오는 독일군 탱크를 저지하기 위해 최면을 걸며 독일군 앞에 나섰다. 할아버지는 독일군 기계화 부대의 선봉을 이끄는 선도 탱크에 시선을 고정한 채 앞으로 성큼성큼 걸어갔다. 이 탱크 포탑에 검정 베레모를 쓴 독일 군인이 상반신만 내놓고 서 있었다. 그의 베레모에는 해골과 열십자 뼈 모양의 배지가 붙어 있었다. 할아버지는 추호의 망설임도 없이 그 앞으로 걸어갔다. 두 팔을 앞으로 쭉 뻗어 내밀고 독일 군인을 향해 두 눈을 부릅뜨며, "탱크를 돌려 돌아가라!"라는 주문을 중얼거리며 앞으로 걸어갔다.

그때 놀랍게도 정말 선도 탱크가 멈춰 섰고, 그러자 뒤따르던 부대 전체가 멈췄다. 할아버지는 선도 탱크에 손가락을 대고 계속 주문을 걸었다. "탱크를 돌려 돌아가라. 탱크를 돌려 돌아가라……." 잠시 후 포탑에 서 있던 중위가 깃발로 신호를 보내자 탱크가 다시 움직이기 시작했다. 그런데도 할아버지는 그 자리에 꼼짝도 하지 않고 서 있었다. 선도 탱크는 할아버지를 쓰러뜨려 머리를 뭉개며 지나갔다. 이제 독일군 전차 부대 앞을 가로막는 건 아무것도 없었다. 그 후에 아버지가 할아버지 머리를 찾아 나섰다. 선도 탱크는 프라하에 들어가지 못하고 그 앞에서 꼼짝 못 하고 멈춰 있었다. 기중기를 기다리고 있었다. 할아버지의 머리가 무한궤도 사이에 꽉 눌린 채 끼어 있었기 때문이었다. 기중기가 도착해 탱크를 들어 올려 할아버지 머리를 빼내자 무한궤도가 움직였다. 그러자 아버지는 할아버지 머리를 갖고 가게 해달라고, 기독교인답게 머리와 몸을 합쳐 매장할 수 있게 해달라고 사정했다.

이때부터 마을 사람들 사이에 의견이 분분해졌다. 우리 할아버지가 그저 바보 멍청이일 뿐이라고 말하는 사람도 있었고, 사람들 모두가 우리 할아버지처럼 독일군 앞을 막아서되 손에 무기를 들고 대항했더라면 독일이 어떻게 됐을지 누가 알겠냐고 말하는 사람도 있었다.

그 당시 우리는 마을 외곽에 살고 있었다. 마을 안으로 이사한 것은 그 뒤의 일이었다. 나는 언제나 혼자 있는 것에 익숙했다. 그런데 이사하고 보니 세상이 너무 좁게 느껴졌다. 이때부터 나는 마을을 벗어나야만 숨을 제대로 쉴 수 있었다. 그러나 다시 마을로 돌아올 때면 그때마다, 다리를 건너는 순간부터 앞에 보이는 거리와 골목길이 점점 좁아지는 것같이 느껴졌다. 나 자신도 오그라드는 듯했다. 나는 항상 어떤 느낌에 휩싸였었는데, 지금도 그렇고 앞으로도 그럴 것 같다. 모든 창문 뒤에 누군가 적어도 한 명쯤은 숨어서 나를 주시하고 있는 것 같았다. 누가 말이라도 걸어오면 금세 얼굴이 빨개졌다. 모든 사람이 불편해하는 뭔가가 나한테 있다는 생각에 사로잡혀 있었다. 3개월 전에 나는 스스로 손목을 그었다. 겉보기에 그럴 만한 이유가 없어 보일 수도 있다. 하지만 나는 이유가 있었고, 그게 뭔지도 알았다. 근데 나를 쳐다보는 사람 모두가 그 이유를 알고 있는 것만 같아 두려웠다. 그래서 모든 창문 뒤에 나를 주시하는 눈이 있다고 생각하게 되었다. 도대체 스물두 살 나이의 젊은이 머릿속을 떠나지 않고 그를 괴롭히는 게 무엇일까? 글쎄, 마을 사람들이 우리 루카시 증조부나 최면술사 빌렘 할아버지, 그리고 단지 25년 동안 기관차를 몰고 왔다 갔다 한 걸로 여태 아무 일도 하지 않아도 되는 아버지처럼, 나도 그냥 일하기 싫어서 내 몫의 일까지 다른 사람들한테 떠맡기려고 손목을 그었다고 생각하며 나를 쳐다보는 것 같아 마음에 걸리기는 했다.

바로 올해, 독일군은 조그만 우리 마을 하늘의 제공권을 잃었다. 나는 작은 오솔길을 달려 추락한 비행기 동체가 있는 곳에 도착했다. 들판에 쌓인 눈이 반짝반짝 빛나고 있었다. 눈 입자 하나하나에 아주 작은 시계 초침이라도 매달려 째깍대는 것처럼, 눈은 환한 햇빛을 받으며 영롱한 빛깔로 반짝이고 있었다. 하지만, 시계 초침이 째깍대는 것 같은 소리는 눈 속에서만 나는 게 아니었다. 다른 곳에서도 들려왔다. 내 손목시계가 째깍거리는 소리도 분명하게 들렸다. 하지만, 또 다른 곳에서 들려오는 소리가 있었다. 가만히 들어 보니 그 소리는 내 앞에 쌓여 있는 비행기 잔해 더미에서 들려왔다. 그것은 비행기 계기판에 있는 시계에서 나는 소리였다. 내 손목시계와 비교해 보니 시간도 정확히 맞았다. 그 순간 비행기 잔해 더미 밑에서 비죽 튀어나와 햇빛을 받는 장갑 한 짝이 눈에 보였다. 거기에 있는 장갑이 빈 장갑이 아니라, 그 속에 사람의 손도 들어 있었을 거라는 생각이 들었다. 손만 있었던 것도 아닐 것이다. 그 손은 팔과 연결되어 있었을 것이고, 팔은 또 기체 속 어딘가 잔해에 깔린 사람 몸통에 붙어 있었을 것이다. 나는 온몸의 하중을 실어 힘껏 자전거 페달을 밟았다. 사방에서 작은 시계 초침들이 햇빛에 흔들리며 째깍대고 있었다. 저 멀리 철로에 화물열차가 경쾌한 소리를 내며 빠르게 달려갔다. 모스트 탄전으로 돌아가는 석탄 수송 열차였다. 차축이 족히 140개 정도는 되어 보였다. 열차 중간 차량에는 꼼짝도 하지 않는 고장 난 블록 브레이크가 달려 있었다. 열을 너무 많이 받아 시뻘겋게 달아올라 있었고, 거기에서 쇳가루가 튀면서 선로 위로 떨어지고 있었다. 그래도 독일제국 기관차는 고장난 차량을 씩씩하게 끌고 가고 있었다.

내일 나는 업무에 복귀한다. 내가 근무하던 작은 기차역 선로 옆에 다시 서 있게 될 것이다. 우리 역은 통과하는 모든 열차를 숫자로 표시한다. 운행 시간표에 따라 서쪽에서 동쪽으로 가는 열차에는 홀수, 동쪽에서 서쪽으로 가는 열차에는 짝수로 표시한다. 두 개의 간선이 지나는 기차역에서 나는 석 달 만에 다시 열차 운행 업무를 볼 것이다. 서쪽에서 동쪽으로 뻗어 있는 간선 번호는 1번이며, 동쪽에서 서쪽으로 가는 간선 번호는 2번이다. 그렇게 1번에서 오른쪽 선로들은 3, 5, 7, 이렇게 홀수 번호가 부여되고, 2번에서 오른쪽 선로들은 4, 6, 8, 10, 이렇게 짝수 번호가 부여된다. 물론 이것은 우리 철도 공무원들이 필요해서 붙인 번호일 뿐이다. 기차역 승강장에 서 있는 승객의 위치에서 보면, 첫 번째 선로는 5번, 두 번째 선로는 3번, 세 번째 선로는 1번, 네 번째 선로는 2번, 이렇게 된다.

내일 아침 일찍 나는 철도원 제복을 입을 것이다. 검은색 바지에 푸른색 상의를 입고, 그 위에 어머니가 윤이 나게 닦은 놋쇠 단추가 달린 외투를 입을 것이다. 외투에다 멋진 칼라를 댈 텐데, 칼라에는 상의와 외투에 붙은 것과 똑같은 배지가 달려 있을 것이다. 철도 공무원이라면 누구나 배지만 보고도 그 사람의 직위를 알 수 있다. 사람들은 칼라 배지를 보고 내가 철도학교 졸업생이라는 것을 알 수 있다. 또 금실로 수놓은 멋진 작은 별을 보면 철도 업무를 배우고 있는 수습생이라는 것도 알 수 있다. 칼라에 달린 가장 멋진 배지는 날개 달린 바퀴다. 보라색과 푸른색 반짝이로 화려하게 장식된 이 배지는 예쁜 금빛 해마처럼 보인다. 내일 나는 이렇게 제복을 차려입고 아직 어둠이 채 가시지 않은 이른 아침에 집을 나설 것이다.

그 모습을 어머니가 뒤에서 지켜보고 있을 것이다. 어머니는 커튼 뒤에 꼼짝하지 않고 조용히 서 있을 것이다. 또 내가 지나치는 모든 창문 뒤에도 사람들이 서 있을 것이다. 어머니처럼, 그들도 커튼에 손을 살짝 대고 나를 지켜볼 것이다. 그러면 나는 늘 그러듯이, 자전거를 타고 도망치듯 강가로 달려갈 것이다. 그곳 조그만 오솔길에 당도해서야 제대로 숨을 쉴 수 있을 것이다. 그래서 나는 기차로 출근하는 걸 좋아하지 않는다. 자전거를 타고 강가로 나가야 비로소 자유롭게 숨을 쉴 수 있기 때문이다. 그곳에는 나를 주시하는 창문도 없고, 나를 기다리는 함정도 없고, 뒤에서 내 목덜미를 노리는 바늘도 없다.

역무실은 모든 게 지난번 떠날 때 모습 그대로였다. 선로 개폐를 통제하는 선로 폐색장치는 다시 봐도 커다란 아코디언이나 슬롯머신처럼 생겼다. 창문 아래에는 전신기 책상이 놓여 있었고, 창문 밖으로는 양옆 길가에 늙은 사과나무가 쭉 늘어선 들판 길이 보였다. 5킬로미터의 들판 길을 따라가다 보면, 그 끝에 화려하게 서 있는 킨스키 백작의 성이 나타났다. 오늘 아침 해가 막 떠오를 무렵, 짙은 안개 속에 반쯤 푹 잠긴 백작의 성은 황금 사슬에 매달려 공중에 붕 떠 있는 모습이었다. 전신기 책상에는 50년 전 지멘스-할스케 사에서 생산한 전신기 세 대와 세 권의 전신 일지가 놓여 있었다. 우리가 쓰는 두 대의 선로 교신용 전화기와 세 대의 역 간 통신용 전화기는 하루 종일 언제나 연결되어 있었다. 그래서 역무실은 전신기와 전화기에서 울려 퍼지는 따르르, 탁탁, 따르릉 소리로 마치 지저귀는 새들을 판매하는 상점 같았다. 대합실 쪽으로 난 작은 창문에는 작은 놋쇠 고리에 끼운 초록색 커튼이 내려져 있었다. 그 바로 옆에는 철제 서랍장과 차표에 날짜를 찍는 기계가 놓여 있었다.

배차계장 후비치카 씨가 반갑게 나를 맞아 주었다. 앞으로 자기와 함께 열차 운행 업무를 볼 거고, 3개월 동안의 병가를 끝내고 돌아왔으니 이제 새로운 마음으로 다시 업무를 배워야 한다고 충고했다. 그러다가 몇 시인지 물어보더니 불쑥 내 옷소매를 올렸다. 그런데 시계는 거들떠보지도 않고 손목 흉터를 빤히 쳐다보았다. 순간 얼굴이 빨개진 나는 얼른 근무할 때 쓰는 빨간 모자를 찾는 척했다. 모자는 사무실 캐비닛 안에 있었다. 먼지가 뽀얗게 뒤덮인 모자 위에 생쥐가 밟고 다녔는지 여기저기 발자국이 찍혀 있었다. 밖으로 나와 아침 햇살을 받으며 모자에 쌓인 먼지를 털었다. 그때 비둘기장에서 역장의 비둘기들이 우는 소리가 들려왔다.

기차역 바로 뒤 경마장에 각종 장애물이 늘어서 있는 게 보였다. 그곳은 파르두비체 경마장을 그대로 축소해 놓은 연습 마장이었다. 킨스키 백작이 이종교배 경주마들을 사육하는 곳이었다. 이곳 경주마들은 파르두비체 대회뿐만 아니라 리버풀 전국 대회도 휩쓸어 100만 파운드에 달하는 상금을 벌어들였다. 그 당시에 엄청난 금액이었다. 백작은 그 상금으로 우리의 작은 기차역 뒤에 대형 영화관과 연주회장, 그리고 극장을 짓기 시작했다. 하지만 완공하지 못했고, 지금은 곡물 창고로 사용하고 있었다. 아마 세상에서 가장 멋진 곡물 창고가 아닐까 싶다. 들어가는 입구에 로마식, 그리스식 기둥이 세워진 창고라니! 곡물 창고는 리버풀이라는 영어 이름으로 불렸다.

정확하게 아침 7시 30분이 되자 역장이 역무실로 들어왔다. 역장은 몸무게가 거의 100킬로그램에 육박하는 거구였다. 하지만 춤추는 동작만큼은 믿기지 않을 정도로 날렵하다고 마을 여자들이 칭찬했다. 역장의 머리는 몇 가닥 남아 있지 않았다. 그런데도 왼쪽 머리는 오른쪽으로, 오른쪽 머리는 왼쪽으로 넘겨 교묘하게 대머리를 가리고 다녔다. 그런데 승강장을 따라 걷다가 바람이라도 불면, 공들여 빗어 넘긴 머리가 다시 양쪽으로 뒤집히며 고딕식 아치 모양으로 세워지곤 했다.

역무실에 들어선 역장이 자신의 사무실 쪽으로 걸어가 문을 열었다. 열린 문으로 사무실 안이 보였다. 아무도 그 방이 작은 소도시 기차역의 역장실이라고는 생각 못 할 것이다. 붉은 꽃, 푸른 꽃들로 화려하게 수놓은 페르시아 카펫이 바닥에 깔려 있었고, 그 위에 터키산 스툴 세 개가 놓여 있었다. 동양적인 분위기가 물씬 풍겼다. 묵직한 마호가니 상감 무늬 책상과 베네치아식 팔걸이의자도 있었다. 책상 옆에는 키가 큰 종려나무 한 그루가 서 있었다. 그 가지에서 뻗어 나온 잎들이 예쁜 우산처럼 책상과 의자 위로 드리워져 있었다. 전반적으로 역장실은 교황을 태우고 다니듯이 가마에 역장과 한 세트로 태우고 다녀야 할 것 같은 인상을 주었다. 로코코 풍의 서랍장에는 대리석 시계가 세워져 있었고, 매달려 있는 세 개의 금도금 구슬이 추처럼 왔다 갔다 했다. 이 시계의 타종 소리가 울리면 누구나 소리 나는 쪽을 돌아보며 "종소리가 참 아름다워요!" 하고 감탄했다. 역장실에는 갈색 방수포 커버를 씌운 응접용 카우치가 하나 있었다. 벽에는 커다란 유화도 걸려 있었다. 선로 아래로, 하늘 위로 증기를 내뿜으며 구름 긴 윌슨 역을 출발하는 특급열차의 기관차 그림이었다. 우리 역장은 물론이고, 철도 공무원이라면 그 누구라도 감동하는 그런 그림이었다. 우리 역장에게는 두 가지 인생 목표가 있었다. 하나는 철도청 감독관이 되는 것이고, 다른 하나는 루제 가문의 란스키 남작이란 칭호를 얻는 것이었다. 족보를 추적해 봤더니 자기 몸에도 어느 정도 푸른 피, 즉 귀족의 피가 흐르고 있다는 것을 알게 되었다고 했다. 그러고 보면 그의 몸에는 두 가지 푸른 피가 흐르는 셈이다. 사람들이 우리 철도 공무원을 '푸른 귀족'이라고 부르니 말이다.

이런 고상한 인생 목표와 달리 역장에게는 아주 평범한 취미가 있었다. 그것은 바로 비둘기 기르기였다. 전쟁이 일어나기 전에 기른 비둘기는 뉘른베르크 종으로, 날개의 검고 흰 화살촉 무늬가 꽤 공격적으로 보이는 비둘기였다. 역장은 하루 걸러 한 번씩 손수 비둘기장을 청소해 주고, 먹을 물도 새로 갈아 주고, 모이도 뿌려 주면서 정성껏 돌보았다. 하지만 독일이 폴란드를 침공하는 만행을 저지르자, 우리 역장은 독일산 비둘기들이 더는 날아다니지 못하게 비둘기장을 닫아걸었다. 그리고 흐라데츠 출장을 떠나면서 역무 보조원에게 뉘른베르크 종 비둘기들 목을 전부 비틀어 버리라는 지시를 내렸다. 일주일 뒤, 역장은 흐라데츠에서 폴란드 종 비둘기 몇 마리를 들고 돌아왔다. 그 비둘기는 예쁜 푸른빛을 띤 모이주머니와 욕실 바닥 타일처럼 회색과 흰색 삼각형 모자이크 모양의 아름다운 날개가 있었다.

　나는 밖으로 나와 두 선로 사이에 서 있었다. 누가 나를 쳐다보고 있다는 느낌이 들었다. 천천히 주위를 살펴보다가 지하실 작은 창문을 통해 역장 부인과 눈이 마주쳤다. 부인은 어두운 지하실에서 수컷 거위에게 모이를 주면서 나를 쳐다보고 있었다. 나는 역장 부인에게 호감이 있었다. 그녀는 저녁이면 역무실에 와 앉아 있는 걸 좋아했다. 가만히 앉아서 넓은 식탁보를 뜨개질하는 역장 부인한테서 차분함이 묻어 나왔다. 손가락이 움직일 때마다 꽃이 피고 새가 날아다녔다. 전신기 책상에 작은 뜨개질 교본을 펼쳐 놓고, 다음에는 어떤 실을 써야 할지 몸을 숙여 처다보곤 했다. 그 모습이 현악기를 연주하면서 악보를 보는 것 같았다.

한편 역장 부인은 매주 금요일이 되면 토끼를 잡았다. 토끼장에서 한 마리를 꺼내 다리 사이에 끼워 놓은 다음에 뭉툭한 칼로 토끼 목을 한 번 쿡 찌르고는 그대로 목을 베었다. 토끼는 날카로운 소리를 내지르며 한참을 꺽꺽대다가 조용해졌다. 토끼 잡을 때 역장 부인의 표정은 조용히 앉아 식탁보를 뜰 때와 별반 다르지 않았다. 그런 식으로 목을 베고 피를 몽땅 빼내야 고기가 훨씬 연해지고 맛있어진다고 했다. 이번에도 거위를 어떻게 잡을지 예상해 볼 수 있었다. 말 위에 올라타듯 거위 등에 올라타 앉아, 접이식 칼을 접듯이 주황색 부리를 목 쪽으로 내리누를 것이다. 그리고 조심스럽게 정수리 부분의 깃털을 뜯고 거기서 흘러나오는 피를 냄비에 받을 것이다. 거위가 점점 힘이 빠지면서 축 늘어지면 그때 역장 부인은 거위 등에서 내려올 것이다.

"수습생 흐르마!"

역장이 나를 불렀다. 나는 역장실로 들어가 경례를 한 후 차려 자세를 취했다.

"수습생 밀로시 흐르마! 부르셨습니까?"

"앉게."

역장이 말한 뒤 책상에서 일어서자 책상 위로 뻗어 나온 종려나무 잎이 머리에 얹혔다. 역장은 내 앞으로 다가와 부은 눈으로 내 제복을 아래위로 훑어보다가, 외투 단추 하나를 채워 주며 물었다.

"흐르마, 지금 역무실에 전신 기사 아가씨가 없는 걸 알고 있나?"

"즈데니치카 스바타 말씀입니까?"

"스바타? 신성하긴 뭐가 신성해!"

역장이 퉁명스럽게 말을 내뱉었다.

"자네, 설마 아무 얘기도 못 들었단 말이야?"

"못 들었습니다. 무슨 일 있었습니까?"

"참 신기하네. 어떻게 모를 수가 있지? 우리의 배차계장 후비치카에 대해 얼마나 많은 말들이 떠돌고 있는데……. 다리가 넷이고 머리가 둘 달린 사람이라도 되는 것처럼 난리야! 지금 그 사람 때문에 조용하고 평화스럽기만 했던 우리 기차역이 얼마나 유명해졌는지 아나?"

"후비치카 씨가 또 그랬군요. 제가 도브로비체에서 근무했을 때, 거기서 후비치카 씨한테 교육받았거든요……, 그때도 모든 기차역에서 후비치카 씨를 보러 오느라 난리였습니다. 어떤 여자랑 그곳 역장님 카우치를 찢어 놓았거든요."

그 말에 역장이 눈을 부릅뜨고 물었다.

"오스트리아제 방수포 카우치를? 여기 내 것과 똑같은 것을?"

"네, 똑같은 거였습니다."

"밀로시, 거기 좀 앉게!"

역장이 한결 누그러진 목소리로 말했다. 자신도 의자에 다리를 벌리고 앉아 비밀 이야기라도 들으려는 듯, 한쪽 귓바퀴 뒤에 손을 대고 내 쪽을 향했다. 나는 그 귀에 가까이 대고 말했다.

"마지막 여객열차까지 지나간 늦은 밤이었습니다. 예쁘게 생긴 여자가 저녁부터 우리 역무실에 함께 앉아 담배를 피우고 포도주를 마셨습니다. 자정이 가까워지자 후비치카 씨가 말했습니다. '밀로시! 자네 이제 겨우 수습생에 불과하지만 나는 자네를 믿네. 두 시간 동안만 나 대신 근무 좀 서 주게!' 그래서 저는 근무를 섰고, 후비치카 씨는 그 여자를 데리고 역장실로 들어갔습니다. 그런데 잠시 후, '자기야. 몸이 달아올랐어. 어서 해달라고 난리야……' 아, 글쎄 이런 소리가 들리지 뭡니까."

"돼지 같은 놈! 더럽고 추잡한 놈!" 역장이 소리치며 자리에서 일어났다. 비둘기들이 창가에 앉아 구구대며 울었다. 역장이 승강장 쪽을 내다봤다. 거기 서 있는 후비치카 씨를 노려보며 버럭 소리를 질렀다.

"진작 저 작자의 천박한 본성을 알아봤어야 했어!" 승강장에 서 있는 후비치카 씨가 귀에 물이라도 들어간 듯, 손가락으로 귀를 후볐다. 내가 계속 말을 이었다.

"잔잔한 물이 깊은 법이죠.' 그건 그렇고……, 새벽 1시쯤 설탕을 실은 화물열차가 떠난 뒤였을 겁니다. 역장실에서 이상한 소리가 들려왔습니다. 관을 질질 끄는 소리 같기도 하고……. 그러더니 쿵! 하는 소리가 났습니다. 깜짝 놀라서 역장실 안으로 뛰어 들어가 봤더니, 글쎄, 여자가 홀딱 벗고 카우치에 등을 대고 벌렁 누워 있었어요. 다리를 쩍 벌리고, 이렇게요. 후비치카 씨는 속옷 차림으로 바닥에 벌러덩 널브러져 있었고요. 우리 동네 교회 벽에 걸려 있는 그림, 생각나세요? 그 그림에 보면 예수님의 돌무덤이 열린 걸 보고 놀라 자빠진 군인 있잖아요? 바로 그 군인처럼 누워 있었습니다. 그렇게 누운 채로 후비치카 씨가 절 보며 '밀로시, 자세를 바꿔 보려고 했는데, 잘못 생각하는 바람에 이렇게 사랑의 제단에서 굴러떨어졌네…….'라고 말했습니다."

"저런 점박이 하이에나 같은 놈!"

역장이 버럭 소리를 질렀다. 그리고 창틀에 몸을 기대고 후비치카 씨를 노려보았다. 후비치카 씨는 승강장에서 다리를 벌리고 서서 하늘을 쳐다보고 있었다. 역장이 몸을 돌리며 물었다.

"그때 그 계집은 어떤 자세로 역장실 카우치에 누워 있던

가? 어떻게?"

"허락하신다면, 제가 직접 보여 드리겠습니다."

나는 역장의 카우치를 가리킨 다음, 몸을 날려 그곳에 등을 대고 누웠다. 역장이 가까이 다가와 몸을 굽혀 나를 내려다보며 으르렁댔다.

"천한 계집 하나 물었으면 대합실에서나 뒹굴 일이지, 아니, 왜 역장 카우치에서 뒹굴고 난리야!"

"누가 아니랍니까? 역장실 카우치는 역장님만 앉을 수 있지 않습니까?"

"그래! 제대로 알고 있군. 자네 같은 사람이나 알지, 저렇게 추잡한 돼지 같은 놈이 신성한 게 뭔지 알 턱이 있나."

나는 다시 자리에 앉아 얘기를 계속했다.

"하지만, 역장님. 아직 끝난 게 아닙니다. 또 있습니다. 여기 좀 보세요!"

나는 역장의 소매를 잡아끌었다.

"여기⋯⋯, 그리고 여기. 여기⋯⋯, 방수포가 가로로 쭉 찢어졌고⋯⋯."

"뭐라고? 카우치를 찢어 놓았다고?"

역장이 길길이 뛰며 소리를 질렀다.

"역장 카우치를 반으로 쭉 찢어 놓다니! 어떻게 그럴 수가 있지? 그런 짓을 하다니! 분명 인간 위에 아무것도 없다고 생각하는 게야! 하느님, 신화, 우화, 상징, 이런 게 뭔지 저런 자들이 알 리가 있나. 눈에 뵈는 거라곤 그저 자기밖에 없지! 그러니 못 할 짓이 뭐가 있겠어? 하지만 나는 아냐! 내게는 하느님이 계셔! 저런 수퇘지는 그저 자기랑 똑같은 암퇘지밖에 뵈는 게 없지. 뭐 눈엔 뭐만 보이는 법이니!"

역장은 이제 말을 멈추고 씩씩거리며 가쁜 숨만 몰아쉬었다. 다시 한번 승강장 쪽을 쳐다보며 그곳에 서 있는 후비치카 씨의 등을 쏘아보았다. "빌어먹을 위인! 그따위 짓거리만 하지 않았어도 벌써 10년 전에 어디 단선 간이역 역장 정도는 돼야 했을 위인이 말이야. 아직 진급도 못 하고 저 모양 저 꼴이니! 진급 대상에 올려놓아도 그때마다 그런 추잡한 짓이나 저지르고 있으니! 하지만 나는 꾸준히 한 계단씩 진급했지."

"저, 역장님은 곧 철도청 감독관이 되신다고 들었는데요?"

"맞네!"

"그럼, 지금 달고 계신 이 작은 별 세 개 말고, 앞으로는 감독관 표시인 큰 별 하나를 달게 되시겠네요?"

"그래, 맞아. 밀로시!"

역장이 황홀한 표정을 지었다.

"자네가 지녀야 할 표본이 뭔지 내 보여 주지!"

역장은 자랑스러운 표정을 지으며 캐비닛을 열고 새 제복

상의를 꺼냈다. 그곳에는 다이아몬드 별 모양의 배지가 수놓아져 있었다.

"나한테 있는 이런 걸 자네는 본보기로 삼아야 하네! 그런데 나는 돼지에게 진주를 던져 주는 꼴이니, 참 나……."

"철도청 감독관 자리는 군대로 치면 소령 계급과 같은 거죠?"

"그렇다네, 밀로시!"

그때 1번 선로를 따라 긴 화물열차가 전속력으로 들어오고 있었다. 차축이 레일에 닿을 때마다 규칙적으로 덜컹대는 소리가 깊고 낮게 울려 나왔다. 역장은 제복 상의가 문에 끼지 않게 조심하면서 다시 캐비닛 속에 집어넣었다. 그리고 새 모이통을 들고 창문을 열었다. 폴란드 종 비둘기들이 사무실 안으로 날아 들어왔다. 녀석들은 역장의 어깨에 먼저 앉으려고 서로 경쟁이라도 하듯 공중에서 날개를 푸드덕거렸다. 비둘기들은 동상이나 분수대 위에 내려앉듯 역장의 머리와 어깨 위에 내려앉아, 연신 고갯짓하고 꼬리를 쳐댔다. 모이는 거들떠보지도 않고 역장에게 좀 더 사랑을 받으려는 데에만 관심이 있었다. 비둘기들은 마치 어린 자식인 것처럼 부리로 역장의 뺨을 부드럽게 비벼댔다.

화물열차가 요란스럽게 역을 떠났다. 저런 열차의 소음과 분주한 움직임은 요즘 늘 있는 일이었다. 평화로운 시절에는

불 켜진 열차에서 직사각형, 정사각형의 네모난 창문 불빛이
퍼져 나오듯이.

"그런데 후비치카 씨와 즈데니치카 사이에 도대체 무슨
일이 있었다는 겁니까?"

"짐승 같은 짓을 했지."

역장이 웃으며 비둘기를 향해 삐죽 입술을 내밀어 보인
다음 말을 이었다.

"아니, 짐승도 못 할 짓이야! 하지만, 밀로시! 난 더는 이
일로 얼굴 붉히고 싶지 않네. 흐라데츠 징계위원회에서 이 일
을 맡아 처리할 걸세. 그래도 짧게 말해 주지. 야간 근무 중이
던 후비치카가 전신 기사인 즈데니치카를 엎어놓고 치마를 걷
어 올렸네. 그러고는 우리 역 직인을 그녀 엉덩이에다 찍었어.
하나 찍고 또 찍고, 또 찍고, 연달아 계속해서. 심지어 날짜를
찍는 도장까지! 야간 근무를 마치고 아침이 되자 즈데니치카
는 집에 돌아갔어. 근데 딸 엉덩이에 온통 도장이 찍혀 있는 걸
본 즈데니치카 어머니가 당장 역으로 달려와 게슈타포에 고발
하겠다고 펄펄 뛰었지. 나는 그 일에 대한 상부 보고서를 작성
하지 않을 수가 없었어. 기가 막힌 일이었어! 즈데니치카는 즉
시 본부에 있는 국장에게 불려 갔고, 국장이 직접 그 모습을 확
인했다니까. 맙소사!" 역장이 소리를 질러 댈 때마다 어깨가
들썩거렸다. 그때마다 어깨 위에 앉아 있던 비둘기들이 떨어

지지 않으려고 날개를 퍼덕거렸다.

선로 건너편 기차역 울타리를 따라 킨스키 백작부인이 검은색 종마를 타고 농장에서 집으로 돌아가고 있었다. 그녀는 말과 하나로 어우러져 달렸다. 그 모습을 발견한 역장이 폴란드종 비둘기들을 거느린 채 승강장으로 나가, 이제 막 철길을 건너오던 백작부인에게 고개 숙여 인사했다. 백작부인은 역 앞에 말을 세우고 가뿐하게 말에서 내렸다. 그때 그녀의 승마바지가 가죽 안장에 살짝 달라붙었다가 떨어졌다. 역장은 백작부인의 손등에 입을 맞춘 뒤 백작부인과 나란히 걸어갔다. 이미 익숙한 일인 듯 백작부인은 역장을 에워싼 비둘기 무리를 보고도 놀라는 기색이 전혀 없었다. 다만 장갑 낀 손을 뻗어 비둘기가 가까이 오지 못하게 하면서 역장과 이야기를 나눴다.

후비치카 씨가 눈으로 백작부인을 좇으며 말했다.

"밀로시, 내가 지금 하고 싶은 게 뭔지 아나? 바로 저 말의 안장이 되는 거야." 후비치카 씨는 안장을 얹은 검은 종마를 가리키며 말했다. 그러더니 땅에 침을 찍 뱉고는 실실 웃으며 은밀히 속삭였다. "밀로시, 멋진 꿈 얘기 하나 해줄까? 꿈에서 내가 수레로 변해 있었는데, 백작부인이 나를 잡고 창고로 몰고 갔어." 이 말을 하며 후비치카 씨는 음탕한 눈으로 백작부인의 다리를 쳐다보았다. 그때 백작부인은 역장과 함께 리버풀 곡물 창고 쪽으로 걸어가고 있었다.

백작부인이 무슨 이야기를 했는지 소스라치게 놀라는 역장의 모습이 보였다. 그러자 그의 어깨에 앉아 있던 비둘기들이 겁을 먹고 날아올랐다. 백작부인이 손을 건네자 역장은 그 손에 정중하게 입을 맞추었다. 그리고 말에 오르는 백작부인을 도우려고 했다. 하지만 백작부인은 손을 저으며 사양했다. 그리고 혼자 등자에 발을 걸고 뛰어오르며 두 다리를 쫙 벌려 검은 종마의 안장 위에 올라탔다. 계속 백작부인의 모습을 좇고 있던 후비치카 씨가 입술을 문지르며 말했다.

"환상적인 엉덩이야. 죽여주는군!" 그러고는 침을 찍 뱉었다.

백작부인은 말을 몰고 기차역을 떠났다. 검은색 종마가 붉은 저녁 햇살을 받아 반짝이는 눈을 발로 차며 달려갔다. 후비치카 씨는 여자를 두 부류로 나누었다. 첫 번째 부류는 '엉덩짝'으로 허리 아래가 볼만한 여자이고, 백작부인이 이에 해당한다. 두 번째 부류는 풍만한 가슴을 가진 여자들로, '빵빵이'라고 불렀다. 우리가 여자들을 귀염둥이, 애교쟁이, 깜찍이 같은 말로 부르듯이, 그는 이렇게 자신의 용어로 여자를 분류해 불렀다.

그때 역장이 역사를 향해 뛰어오더니 노기 띤 목소리로 말했다.

"후비치카! 백작부인도 자네가 한 짓을 벌써 전부 다 알고 계셔!"

심각한 표정으로 고개를 설레설레 흔들었다. 역장은 곧바로 문 앞에서 몸을 돌려 서둘러 계단을 올라가 부엌으로 갔다. 먼저 역장은 의자를 들어 여러 차례 바닥에 내리쳤다. 그 충격으로 바로 아래층 역무실 천장에서 석회 가루가 떨어졌다. 그런 다음 환기통에 대고 고래고래 소리를 질러댔다.

"이 저주받은 음란의 시대! 온통 섹스와 성적 자극물로 넘쳐나는 이놈의 세상! 그저 섹스, 섹스, 섹스! 어른이나 아이나 모두 거위 치는 소녀에게 사랑에 빠져 있질 않나! 성인 잡지나 성인 영화에서 보는 거라고는 온통 왜곡되고 삐뚤어진 사랑 이야기뿐! 그따위 포르노물을 쓰는 작가나 그런 걸 가르치는 놈이나, 또 팔아먹는 놈이나, 모조리 다 감방에 처넣어야 해! 그래야 요즘 젊은것들 머릿속에 들어 있는 온갖 끔찍하고 잔인한 판타지가 없어지지! 우유 배달원 여자를 죽인 다음 시체를 토막 낸 놈도 있잖아! 그를 막지 못했다면 자기 사촌도 죽여 토막 냈을 게 분명해! 상점에는 여자 아랫도리를 자세히 그린 실물 크기 모형이 세워져 있질 않나! 젊은 애들이 그걸 보고 어떻게 참아? 어떤 화가의 화실은, 잘못 들어왔나, 의심이 들 정도로 사람 고기를 부위별로 걸어 놓은 정육점 같다니까! 몹쓸 카니발리즘! 짐가방 속에 있던 브란스카라는 여자도 있지. 경찰이 금이빨을 해 넣은 금발 남자를 찾고 있는데, 그 남자가 마지막으로 여자에게 코루나 자동판매기에서 호주산 사과를 사주었다나, 뭐라나! 웩! 온통 정육점에 걸린 고깃덩어리들 같아! 욕정을 참지 못해 벌어지는 살인 사건만 넘쳐나고, 참나……. 성교육을 허용하는 선생들도 함께 다 법원의 심판을 받아야 해! 부도덕과 쾌락주의가 판을 치니, 그럴수록 줄어드는 건 요람이고, 느는 건 무덤뿐이야!" 이렇게 역장은 부엌 환기통에 대고 목이 쉬도록 소리를 질러댔다. 그 소리는 환기통을 타고 1층 역무실까지 들려왔다.

역장이 이렇게 열을 내는 데는 그만한 이유가 있었다. 역장은 프라하의 사정위, 즉 사회정화위원회 위원이기 때문이었다. 한 가지 이유가 더 있었는데 그것은 바로 백작부인이었다. 백작부인은 가축을 싣고 도살장에 갈 차량 예약을 위해 역에 오면, 그때마다 역장의 신앙이 미지근하다며 질책하고 가톨릭 교회가 무너지면 온 세계가 무너질 거라고 말했다. 그래서 역장은 교회 앞을 지날 때마다 제복을 입고 있을 때는 거수경례를, 사복을 입고 있을 때는 쓰고 있던 슈바르젠베르크 모자를 벗어 들고 교회를 향해 머리를 조아린 다음 뭔가를 가만히 중얼거렸다.

선로 폐색장치에서 철컹, 소리가 울리더니 빨간색 원형 버튼이 덜커덕하며 흰색으로 바뀌었다. 나는 폐색장치에서 열쇠를 빼고, 승강장으로 달려 나가 신호기 조종레버가 있는 알코브로 들어갔다. 기관차가 기적을 울리며 들어오고 있었다. 역장이 아무 일도 없었다는 듯 태연하게 계단을 내려왔다. 환기통에 대고 소리를 질러서 그런지, 불편한 심기가 가라앉았나 보다. 역장은 이렇게 환기통을 통곡의 벽처럼 사용하곤 했다. 후비치카 씨가 건네준 얘기로는, 역장이 종종 부인한테도 소리를 질러댈 때가 있단다. 그래도 역장 부인은 볼라리 지방의 정육점 딸답지 않게, 잘 참고 역장이 하는 대로 가만히 놔둔다고 했다. 그렇지만 1년에 네 번 정도는 들이박는단다. 역장이 너무 심하게 소리를 질러대거나 품위 있는 여자의 삶에 관해 일장 연설을 늘어놓으면, 그때는 가만히 안 있고 손에 잡히는 대로 역장을 향해 집어 던진다고 했다. 한번은 크리스마스 직전이었다. 역장이 소리소리 질러대자 부인이 역장을 욕실로 끌고 가 빰따귀를 때렸다고 했다. 그 힘에 역장은 크리스마스에 쓸 잉어가 담긴 욕조 속에 나동그라졌다고 했다.

역장이 역무실로 들어왔다. 근데 뭔가 심상치 않다는 게 한눈에 느껴졌다. 역장이 인자하게 물었다.

"왜들 그래? 무슨 일이야?"

"군인이 우리 역 울타리에 서 있었습니다."

후비치카 씨가 얼굴을 찌푸리며 말했다. 역장의 눈이 휘둥그레졌다.

"엄중히 감시받는 수송 열차인가?"

내가 대답했다. "느낌표가 세 개나 붙어 있었습니다."

역장이 독일 전권위원 서명이 든 포고문을 가리키며 물었다.

"……읽어들 보았겠지?"

후비치카 씨가 대답했다.

"읽었습니다."

"그럼, 충분히들 생각해 봤겠지?"

"충분히 생각했고, 결정했습니다."

후비치카 씨가 대답하며 웃었다.

"그런데 제군들, 이러고 있을 건가? 태업이라도 하는 줄 알겠어!" 역장이 고개를 끄떡이며 승강장으로 나갔다.

엄중히 감시받는 병력 수송 열차의 기관차에 우리 지방 운영실 책임자인 혼지크 기사가 타고 있었다. 얼굴빛이 창백했다. 그는 이 열차를 호위하러 직접 리보흐까지 가야만 했었다. 지금은 기관차에 볼모가 되어 넋 나간 표정으로 초조한 듯 두 손을 비벼댔다. 기관차가 역에 진입해 들어올 때는 기관차 창문에 바짝 기대어 서서 우리 역사 창문과 문들을 뚫어지게 쳐다보았다. 그 모습이, 이렇게 자신이 감금 상태가 된 게 우리 역 때문이라고 시위하는 것 같았다.

역장이 기관차에 거수경례했다. 나도 선로 가까이 다가가 거수경례했다. 기관차가 멈춰서자 호리호리한 몸매의 나치 친위 대원 두 명이 내렸다. 파라벨룸 자동권총을 손가락에 낀 두 사람이 잠시 내 빨간 모자를 빤히 쳐다봤다. 나는 다시 한 번 탁! 소리 나게 구두 뒤축을 붙이며 경례했다. 그런데 두 사람이 각각 내 양옆으로 다가오더니 옆구리에 총부리를 들이댔다. 나는 두 사람이 시키는 대로 발판을 밟고 기관차에 올라타야 했다. 곧 열차가 출발했다. 그런데 이상했다. 친위 대원 두 사람이 다 잘생겼기 때문이었다. 이렇게 잘생긴 사람들은 시를 쓰거나 아니면 테니스를 치는 게 더 어울릴 것 같은데, 지금 나랑 여기 기관차에 서 있다니 이상했다. 기관차에는 혼지크 기사 말고도 이 수송 열차의 지휘관인 대위가 한 명 타고 있었다. 오스트리아제 등산 모자를 쓴 대위의 얼굴에는 입 부근에서 턱밑까지 이어진 흉터가 있었다. 기관차에는 또 제복을 입은 기관사가 있었다. 그는 커버를 씌운 팔걸이의자에 앉아 조종간을 잡고 있었다. 흑탄을 연료로 쓰는 독일제국 기관차였다. 기관사 의자에는 병원 의자처럼 옆에 손잡이가 달려 있었다. 손잡이를 조정해 뒤로 눕히면 간이침대로도 사용할 수 있었다. 두 명의 친위 대원은 줄곧 내 갈비뼈 끝에 총구를 들이대고, 눈은 총구처럼 딱 고정한 채 미동도 없이 대위를 쳐다보고 있었다. 그런데 대위는 창밖 풍경만 내다보고 있었다. 나도 창밖을 내다보았다. 한 농가에서 어떤 남자가 호기심 가득한 얼굴로 들창을 열고 나와 함석지붕 위로 기어 올라가는 모습이 보였다. 그런데 갑자기 항복한다는 표시인 듯 두 팔을 번쩍 들었다. 수송 열차에 탄 군인들이 그에게 소리치고 총을 겨누는 게 분명했다. 지붕 위의 남자는 태양을 향해 건배라도 하는 모습으로 두 손을 높이 치켜들고 있었다. 우리 마을에서 멍청이라고 소문난 요르단이었다. 하는 일이라고는 소를 끌고 나가 풀을 먹이는 것뿐이었지만, 더운 여름 일요일 오후에는 작은 고기잡이 그물에 맥주 한 통을 집어넣고 쪽배를 타고 나갔다. 그리고 아무 때나 그물을 끌어당겨 시원해진 맥주를 유리잔에 따라 들고, 지금 지붕 위에서처럼 저렇게 추리닝 차림으로 쪽

배에 서서, 팔을 높이 치켜들고 태양을 향해 큰 소리로 "어이, 어이, 어이!" 하고 외쳤다. 그러고 나서 단숨에 맥주를 들이켰다. 열차가 부엌 창문 뒤에 서 있는 역장 부인의 모습을 스쳐 지나갔다. 짧은 부엌 커튼 놋쇠 봉 위로 눈이 반만 보였다. 그녀가 살짝 손을 들어 보였다. 그때 기관차가 5번 선로에 서 있는 열차 옆을 지나갔다. 나는 얼른 친위 대원들을 쳐다보았다. 저런 폭격 맞은 열차를 보고 무슨 얘기를 할까 궁금했다. 그런데 두 사람은 오히려 내가 저 열차를 폭격하기라도 한 듯 나를 노려보고 있었다. 첫 번째 친위 대원이 독일어로 이를 갈며 욕을 해 댔다.

"이 개새끼!"

"저런 나쁜 새끼는 당장 쏴 버려야 해!" 다른 친위 대원이 말했다.

"30분이나 연착을 해!" 첫 번째 친위 대원이 씩씩대더니, 내 갈비뼈 끝에 대고 있던 총구를 더 깊이 쑤셔 넣었다. 지금 엄습해 오는 느낌은 지난 3개월 전 죽으려고 시도했던 그때와는 달랐다.

그날 저녁, 차표를 사려고 고개 숙여 매표소 안을 들여다보니 빨강 머리 여직원이 앉아 있었다.

"차표 한 장 주세요."

여직원이 나를 알아보고 말했다.

"어머, 흐르마 씨, 목적지가 어딘데요?"

"눈에 제일 먼저 꽂히는 곳으로 주세요."

그녀는 내 말에 웃음을 터뜨렸다.

"제일 먼저라니, 어디요? 하루 종일 차표를 보는 게 제 일인데요."

"자, 이렇게 해봐요! 얼굴은 날 보고, 왼손으로 거기 있는 표 중에서 아무거나 한 장 집어 봐요."

"하지만 흐르마 씨, 전 아무리 캄캄해도 정확하게 차표를 팔 수 있다니까요."

내가 농담이라도 하는 줄 아는 모양인지 피식 웃었다.

"자, 그럼, 일곱 번째 칸, 일곱 번째 선반에 있는 걸로 줘요. 유대인이 좋아하는 행운의 숫자 7로 합시다."

그녀는 얼굴은 나를 보면서 내가 말한 그곳에서 차표를 꺼냈다.

"베네쇼프의 비스트르지체까지 가는 표네요. 요금 엄청 내셔야겠어요."

기관차가 덜컹거렸다. 눈 덮인 벌판이 저 멀리까지 환하게 반짝였다. 눈이 녹으면서 영롱한 색깔의 눈 입자 하나하나가 재깍재깍 소리를 내는 듯했다. 선로 옆 도랑에 죽은 말 세 마리가 버려져 있는 게 보였다. 지난밤에 독일 병사들이 무표정한 얼굴로 차량 문을 열고 밖으로 내던져 버렸을 것이다. 이제 죽은 말들은, 보이지 않는 하늘 문을 떠받치고 있는 기둥처럼, 뻣뻣하게 굳은 네 다리를 하늘로 뻗은 채 선로 옆 도랑에 처박힌 신세가 되어 있었다. 혼지크 기사가 나를 노려보고 있었다. 그의 눈은 슬픔과 분노로 가득 차 있었다. 바로 자신의 책임 구간에서 엄중히 감시받는 수송 열차가 연착했기 때문이었다. 여기 있는 이 사람들은 그 책임이 나에게 있다고 생각하는 게 분명했다. 그래서 두 친위 대원이 강제로 나를 기관차에 태운 것이었다. 이 두 사람은 계속 기회만 엿보고 있었다. 권총을 내 뒤통수로 옮겨 들이대고, 신호를 주고받으며 방아쇠를 당겨 내 머리에 총알을 쑤셔 박기를, 그런 다음에 문을 열고 나를 휙 던져 버릴 수 있게 되기를 바라고 있었다. 정말 그렇게 할 것 같기도 했다. 하지만, 단지 쇼일 뿐 정말 그렇게 하지는 않을 것 같았다. 그런 짓을 하기에는 너무 잘생겼다. 나는 잘생긴 사람들만 보면 두려웠다. 얘기도 제대로 나누지 못했다. 항상 진땀을 흘리고 말을 더듬었다. 나는 잘생긴 사람을 보면 놀랍고 눈이 부셔 한 번도 잘생긴 얼굴을 제대로 쳐다본 적이 없었다.

그런데 대위는 못생겼다. 얼굴 한가운데에 기다란 흉터가 깊게 패어 있었다. 어렸을 때 녹슨 냄비 같은 데 엎어져서 생긴 흉터 같았다. 대위가 나를 쳐다보고 있었다. 슬쩍 한쪽 팔을 들어 기관차 천장에 매달린 손잡이 끈 같은 것을 붙잡았다. 내가 감히 이렇게 해본 것은, 나를 물끄러미 쳐다보는 대위의 표정 때문이었다. 그는 나를, 하는 일이라고는 선로 옆에 서 있는 게 고작인 얼간이, 흐라데츠 크랄로베 이사회의 지침에 따라 선로 옆에 서서, 독일 군대가 처음 동쪽으로 돌진할 때나 지금처럼 반대로 다시 돌아갈 때나, 선로 옆에 서서 신호기나 내렸다 들었다 하는 일이 고작인 그런 얼간이로 보는 것 같았다. 나는 속으로 말했다. "다 마찬가지야, 독일 놈들도 다 바보라고. 그것도 아주 위험천만한 바보들이지. 나야 고작 자기 자신이나 좀 다치게 하는 바보지만, 너희 독일 놈들은 항상 남을 해치는 바보들이란 말이야."

언젠가 한번은 독일 병사를 가득 실은 열차가 우리 역 5번 선로에 정차한 적이 있었다. 그들은 음식과 군것질거리, 합성 꿀로 만든 각설탕 같은 것을 사기 위해 마을에 있는 상점으로 우르르 몰려갔다. 그런데 한 병사가 상점에 쌓여 있는 각설탕을 하나 몰래 빼내는 바람에 전부 와르르 무너져 내렸다. 가게 주인이 각설탕 수를 세보니 다섯 개가 없어졌다. 열차 지휘관이 없어진 각설탕을 찾기 위해 저녁까지 열차를 샅샅이 뒤졌다. 하지만 도저히 찾지 못하자 직접 가게 주인에게 가서 경례를 척 붙이고는 예의를 갖춰 사과했다. 혹시 지금 나랑 같이 여기 기관차에 있는 독일 군인들도 그때 그 지휘관과 같은 부류의 독일인일까?

기관차 화부가 나를 보고 아무 생각 없이 눈을 찡긋하고는, 들고 있던 삽으로 석탄에 부채질하며 불길을 살렸다. 바닥에 쌓여 있는 석탄을 한 삽 떠서 기관차 화실 끝부분에, 그리고 다시 한 삽 떠서 이번에는 중간 부분에 집어넣었다. 그는 박자까지 맞춰가며 불이 잘 붙도록 화실 안에 골고루 석탄을 퍼 넣었다. 그때 대위의 눈길이 자기처럼 흉터가 있는 내 손목에 멈췄다. 손잡이를 잡은 팔의 옷소매가 흘러 내려와 있었다. 대위는 무슨 책이라도 읽듯이 내 흉터를 들여다보고 있었다. 벌써 더 많은 걸 눈치챘거나, 아니면 모든 걸 다른 관점에서 보고 있을지도 모르겠다. 그의 눈이 돌멩이 두 조각 같았다. 이제 기관차 사람들 모두가 내 손목을 보고 있었다. 대위가 들고 있던 작은 채찍으로 내 다른 쪽 옷소매를 들어 올려, 그쪽 흉터도 봤다.

"동지!"

대위가 부르며 신호를 보내자, 엄중히 감시받는 병력 수송 열차가 속도를 줄였다. 나를 겨누던 두 개의 총구가 치워졌다. 이제 나는 잘생긴 친위 대원 두 명을 보고 있지 않았다. 그저 아래 바닥만 내려다보고 있었다. 격자형 강철 바닥이 기관차가 선로를 따라 달려가는 대로 흔들렸다. 대위가 말했다.

"가라!"

"고맙습니다."

나는 기어들어 가는 목소리로 말했다. 농담인지 진담인지 알 수가 없었다. 조심스럽게 작은 기관차 문을 열고 발판의 첫 번째 계단을 밟았다. 그리고 또 한 계단 한 계단 밟고 내려가다가, 마지막에서는 코사크 춤을 추는 사람처럼 발을 쭉 뻗은 다음 선로 옆 땅바닥에 뛰어내렸다. 그리고 한 번 더 껑충 뛰어오른 다음에 멈춰 섰다. 기관차가 다시 속도를 높이며 출발했다. 내 옆으로 군인들이 타고 있는 무개 차량이 지나갔다. 어떤 군인들은 소매를 걷어 올리고 비상식량 통조림을 따서 안에 있는 고기 조각을 칼로 찍어 꺼내 먹고 있었다. 다른 군인들은 자동소총을 무릎 위에 올려놓고, 개울가에 발을 담그고 물장난하는 것처럼 군화 신은 발을 흔들고 있었다. 그렇게 열차 한 량 한 량이 내 곁을 스쳐 지나갈 때마다 언제라도 내 등이 저들의 좋은 표적이 될 수 있겠다는 느낌이 들었다.

수송 열차의 마지막 차량은 유개차량이었다. 지금은 지붕이 열려 있었다. 여자 검정 스타킹이 나부끼는 것으로 보아 아마도 야전병원 간호사들이 타고 있는 것 같았다. 그러나 그 순간도 나는 여전히 독일군 권총이나 리볼버, 자동소총의 사정거리 안에 있었다. 독일인과 얽이게 되면 좀 전에 내가 직접 경험했던 것처럼, 그들이 무슨 짓을 할지 그 누구도 절대 알지 못했다.

우리 바로 옆집에 살던 카라스코바 부인은 일찍이 1940년에 독일군에게 잡혀갔다가 지난해 크리스마스에 풀려났다. 그녀는 4년 내내 페치카르나에 있는 나치 사령부에 감금되어 있었다. 그곳에서 한 일은 사형 집행이 끝나면 바닥에 고인 피를 닦는 일이었다. 4년 동안 하루도 빠짐없이 피를 닦았다. 그곳 최고 집행관은 그녀를 잘 대해주었다. 가끔 훈제 햄을 갖다주면서 「매혹적인 검은 눈의 아가씨여, 왜 울고 있나요?」라는 노래를 불러 달라고 요청했고, 항상 '제발, 부탁해요! 미안하지만.'이라는 말을 했다. 그러다가 어느 날 난데없이 그녀를 풀어주었고, 사과한다는 내용의 공식 서한까지 보냈다. 하지만 이미 카라스코바 부인은 그동안에 겪었던 일로 정신이 온전하지 않았다. 독일 노동청은 그녀에게 기관차고에 일자리를 마련해주었다. 그곳에서 그녀가 하는 일은 기름통을 들고 기관차 베어링에 기름칠하는 것이었다.

이제 곡선 선로 구간에 가까이 왔다. 멀리 죽은 말들의 열두 개 말발굽이 보였다. 그 모습이 마치 스타라 볼레슬라프 성당 지하 무덤의 기둥들 같았다. 문득 마샤가 생각났다. 내가 아직 선로 관리책임자 밑에서 교육받던 시절, 그녀를 처음 만났던 때가 생각났다. 그때 책임자가 우리 둘에게 붉은색 페인트가 담긴 양동이를 주며, 차량기지 울타리를 전부 다 칠하라고 했다. 나와 마찬가지로 마샤도 선로 옆 울타리부터 칠하기 시작했다. 우리는 높은 철조망 울타리를 사이에 두고 서로 마주보고 섰다. 각자 선홍색 페인트 양동이를 발밑에 두고 페인트

브러시를 하나씩 들었다. 그리고 같은 울타리를, 그녀는 그녀 쪽에서 나는 내 쪽에서 칠해 나갔다. 각자 자신이 서 있는 데서 서로 얼굴을 마주 보며, 그렇게 우리는 5개월 동안 4킬로미터나 되는 울타리를 칠했다. 그동안 마샤와 나는 별의별 이야기를 다 나누었지만, 우리 둘 사이에는 항상 철조망이 가로놓여 있었다. 2킬로미터쯤 칠해 나간 어느 날이었다. 나는 마샤의 입술 높이의 울타리를 칠하면서 좋아한다고 고백했고, 바로 맞은편 울타리를 칠하던 마샤도 나를 좋아한다고 말했다. 그러면서 내 눈을 바라봤다. 마침 그곳은 도랑이었고 주위에는 명아주가 높이 자라 있었다. 나는 칠하고 있던 철조망 사이로 입을 삐죽이 앞으로 내밀어 그녀와 입맞춤했다. 조금 후 눈을 떠보니 그녀의 입술에 붉은색 페인트 줄무늬가 찍혀 있었다. 물론 나도 마찬가지였다. 우리는 서로의 모습을 보고 웃음을 터뜨렸다. 그때 우리는 아주 행복했었다.

죽은 말 세 마리가 버려져 있는 곳에 도착했다. 나는 그중 한 마리의 배 위에 올라앉아 하늘로 뻗은 말 다리에 머리를 기댔다. 옆으로 다른 말의 머리가 보였다. 툭 튀어나온 녀석의 눈이 나를 빤히 쳐다봤다. 이 죽은 말은 좀 전에 나한테 일어났던 일을 함께 겪기라도 한 것처럼, 잔뜩 겁에 질린 눈을 하고 있었다.

베네쇼프의 비스트르지체에 갔었던 때가 떠올랐다. 나는 그곳 조그만 여관의 계단을 올라가고 있었다. 흰 작업복을 입은 벽돌공이 계단 굽이에서 일을 하고 있었다. 그는 '미니막스' 소화기를 걸어둘 쇠고리 두 개를 박으려고 시멘트벽에 홈을 파내고 있었다. 나이 지긋해 보이는 벽돌공은 덩치가 엄청나게 컸다. 그는 내가 지나갈 수 있게 몸을 돌려 길을 내어주었다. 방으로 들어갈 때 그가 휘파람으로 부는 노랫소리가 들려왔다. 「룩셈부르크 백작」이라는 왈츠 곡이었다. 때는 오후였다. 나는 욕실로 들어가 면도칼 두 개를 꺼냈다. 하나는 욕실 나무 의자의 틈새에 날을 위로 향하게 세워 두었고, 다른 하나는 그 옆에 놓았다. 나는 조금 전에 들었던 「룩셈부르크 백작」 노래를 휘파람으로 불러 보면서 옷을 벗었다. 그리고 뜨거운 물 수도꼭지를 틀었다. 그때 뭔가에 이끌린 듯 방문을 살짝 열어 보았다. 바로 문 앞에 아까 그 벽돌공이 서 있었다. 내가 그를 보고 싶어 했던 것처럼, 그 역시 내가 무엇을 하고 있나 보기 위해 문을 조금 열어 본 꼴이 되었다. 나는 다시 문을 쾅! 닫고 욕조 안으로 들어갔다. 물이 너무 뜨거워 아주 천천히 몸을 담갔지만, 이빨 사이로 윽! 하는 소리가 새어 나왔다. 나는 뜨거운 물이 몸을 찌르는 것 같은 고통을 느끼며 조심스럽게 욕조에 들어가 앉아, 오른손으로 면도칼을 쥐고 왼쪽 손목을 그었다. 그런 다음, 욕조 옆 의자에 세워 놓았던 면도칼 위에 온 힘을 다해 오른쪽 손목을 내려쳤다. 나는 양손을 뜨거운 물 속에 담그고 내 몸에서 흘러나오는 피를 쳐다보았다. 물이 분홍

빛으로 물들었다. 근데, 이런! 누가 내 손목에서 길고 가벼운 붉은 붕대를 뽑아내는 것처럼, 얇은 베일이 너울거리며 춤을 추는 것처럼, 계속해서 붉은 피가 엄청 많이 흘러나왔다. 내 몸을 감싸고 있는 욕조의 물이 점점 더 붉어졌다. 문득 마샤와 함께 철도청 차량기지의 울타리를 칠할 때, 작업이 진행되면서 붉은색 페인트 농도가 점점 짙어져 테레빈유를 섞어야만 했었던 일이 떠올랐다.

　머리가 아래로 꺾이며 입안으로 물이 들어왔다. 약간 찝찔한 산딸기 주스 같은 맛이었다. 잠시 후 눈앞에 푸른빛과 자줏빛 동심원이 나선 모양으로 빙글빙글 돌았다. 그때 갑자기 앞이 어두워지더니 꺼칠꺼칠한 턱수염이 내 얼굴을 스치는 게 느껴졌다. 방에 들어올 때 보았던 흰 작업복의 벽돌공이었다. 그는 재빨리 손목에 작고 빨간 지느러미가 돋은 붉은색 물고기 같은 나를 끌어올려 욕조 밖으로 꺼냈다. 머리가 그의 작업복에 닿자 물에 젖은 내 얼굴이 그의 옷에 묻은 석회 가루를 빨아들이는 소리가 들렸다. 나는 석회 냄새를 맡으며 정신을 잃었다.

　나는 죽은 말의 배 위에 앉아 하늘로 뻗은 다리에 머리를 기댔다. 말발굽에 나 있는 털을 가만히 만져 보았다. 화물열차가 경쾌하게 기적을 울리며 내 옆을 지나갔다. 열차 차량이 나를 가렸다 드러냈다 하면서 하나둘씩 스쳐 지나갔다. 그때 몸이 떨리며 입에 침이 고였다. 이 모든 게 프라하의 카를린에 사는 노네만 아저씨 집에서 일어났기 때문이었다.

그때 나는 마샤의 삼촌 노네만 씨 집에 있었다. 그 댁에서는 나를 아저씨의 사진 스튜디오의 카우치에서 자도록 해주고, 덮을 담요 한 장과 캔버스 천 하나를 주었다. 천에는 프라하 전경과 하늘에 떠 있는 비행기 모습이 그려져 있었다. 손님들은 그 안에서 조종사나 관측사가 된 것 같은 자세를 잡고 사진을 찍었다. 밤이 되어 집 안이 조용해지자 마샤가 비행기 아래로 들어왔다. 그녀가 나를 어루만지며 온몸을 밀착해 왔다. 나도 그녀를 부드럽게 애무했다. 나는 남자가 된 것 같았다. 그런데 막상 그 순간이 되자 갑자기 시들어 버렸고, 그것으로 모든 게 끝이었다. 마샤가 되살려보려고 애를 써보았지만 모든 말초신경이 마비된 듯 완전히 죽었다. 한 시간 후에 마샤가 다시 담요 속으로 들어왔지만, 곧 숙모 방으로 가 버렸다. 아침이 되자 마샤를 제대로 쳐다볼 수 없었다. 나는 아무 말 없이 앉아 있었다. 손님들이 오기 시작했고, 그들은 내가 밤새 악몽 같은 경험을 한 그 캔버스 천 뒤에 서서 사진을 찍었다. 한 사람은 의자 위에, 또 한 사람은 접이식 사다리 위에 올라서 자세를 잡았다. 노네만 아저씨는 좀 더 그럴듯해 보이도록 손님들에게 병이나 깔때기를 들고 있게 했다. 그리고 자신은 카메라를 덮고 있는 보자기 속으로 머리를 집어넣고, 오케스트라 지휘자처럼 한쪽 손을 들어 신호를 보내면서 셔터를 누른 뒤 다시 보자기에서 빠져나왔다. 그리고 5분 뒤에는 사진을 뽑아서 갖고 나왔다. 사진관 입구에는 '5분 완성!'이라는 큼직한 표지판이 붙어 있었다. 그렇게 오전 내내 사람들로 북적거렸고 두 명의 독일군 병사까지 왔다. 한 명은 의자 위에, 다른 한 명은 접이식 사다리 위에 올라섰다. 노네만 아저씨가 그들 앞에 비행기가 떠 있는 프라하 전경이 그려진 캔버스 천을 배치하는 순간, 펑! 하는 우레 같은 폭음과 함께 엄청난 회오리바람이 스튜디오 안으로 몰아닥치며 비행기가 있는 스크린을 쓰러뜨렸다. 곧이어 독일군 병사 두 명도 바닥으로 굴러떨어졌고, 이제 막 카메라 보자기에 머리를 들이밀던 노네만 아저씨도 바닥에 나동그라졌다. 하지만 이것은 시작에 불과했다. 잠시 후 무시무시한 광풍이 몰아쳤다. 스튜디오 벽이 무너지는 게 보였다. 광풍에 노네만 아저씨와 두 명의 독일군 병사가 밖으로 날아갔다. 다른 방에 있던 아주머니와 마샤도 바람에 날려갔다. 그들은 공중에 날려가면서도 위로 치켜 올라가는 치마를 끌어 내리려고 애를 썼다. 하지만 허사였다. 두 사람의 머리카락이 이리저리 바람에 휘날렸다. 그 모습이 온 하늘을 가리는 커튼 같아 보였다. 우리 모두 다 아래로 떨어졌다. 던진 공처럼 천천히 잔디밭으로 떨어졌다. 제일 마지막으로 바람에 날려 떨어진 건 '5분 완성' 표지판이었다.

큰길을 따라 사람들이 뛰어갔다. 잠시 조용해지는가 싶더니 사이렌을 울리며 응급차가 몇 대 달려갔다. 그때 옷이 찢어지고 엉망이 된 사람들이 떨어졌는데 실성한 사람들처럼 웃었다. 잔디밭에 등을 대고 누운 채로 웃느라 몸이 들썩거렸다. 그리고 좀 나중에야 떨어진 사람이 하나 있었다. 그는 몸을 뒤집고 비소차니(프라하 지역) 방향을 가리키며 말했다. "와, 여러분, 끔찍한 공습이네요!" 그리고 잔디 위에 떨어진 큰 표지판을 뚫어지게 쳐다보면서 거기 적혀 있는 글을 완전 다른 의미로 반복해서 읽었다. "5분 완성."

나는 차단기 밑으로 기어들어 갔다. 5번 선로에 여객열차가 서 있었다. 열차는 총탄 세례를 받고 다 부서져 있었다. 첫 차량에 붙어 있는 표지판을 따라 읽어보았다. "목적지 - 철도청 차량기지, 출발역 - 크라쿠프." 이것을 보니 전선 바로 뒤에서 독일 수송 열차를 공격하는 유격대 활동이 어느 정도인지 짐작할 수 있었다. 열차는 유리창이 남아 있는 게 없었고 총탄에 벌집이 되어 있었다. 차량의 금속 벽은 휘갈겨 댄 기관총 자국으로 엉망이었다. 어떤 건 수류탄으로, 어떤 건 산악 전투용 산포로, 어떤 건 약탈해 온 대전차 박격포로 마구 쏘아낸 모습이었다. 열차는 이미 오래전에 운행이 중단된 모델의 객차였다. 양쪽 문을 통해 객실 칸으로 들어가게 되어 있었고, 차량 외벽을 따라 길게 발판이 붙어 있었다. 거의 모든 객실 문은 검

불그스름하게 말라붙은 핏자국투성이였다. 객실 칸 하나를 들여다보았다. 다른 데랑 별반 다를 바 없는 모습이었다. 바닥에 부서진 유리 조각, 머리빗, 단추, 천 조각이 붙어 있는 단추, 군복 소맷자락, 피범벅이 된 바지, 피에 젖었다 말라비틀어진 손수건, 장기 알, '화내지 마, 친구!'라는 놀이판, 동그란 거울, 하모니카, 눈이 묻은 편지, 긴 붕대, 어린이 줄무늬 공, 이런 것들이 어지럽게 널려 있었다. 군화 밑창 자국이 찍힌 편지를 집어 들었다. 편지는 '사랑하는 장난꾸러기 그대에게!'로 시작해 '당신의 루이제로부터'라는 말로 끝나고, 그 옆에 여자 입술 자국이 찍혀 있었다. 객실 한쪽 귀퉁이에는 끈이 풀린 군화 한 짝이 혀를 내밀고 나를 비웃었다. 까마귀 사체 두 마리가 바닥에 나동그라져 있었다.

병원에서 퇴원하고 집에 돌아오던 날은 정말 엄청 추웠다. 어느 정도였냐면, 우리 마을 뒤에 작고 큰 까마귀들이 무리 지어 날아드는 작은 숲이 있었는데, 그곳 나무들이 온통 까마귀 떼로 뒤덮여 있었다. 까마귀들은 차가운 아침 햇살에 반짝였다. 숲에 당도해 보니 땅바닥이건 나뭇가지건 까마귀들로 새까맸다. 너무 익어버린 보스니아산 자두 같았다. 온 숲이 죽은 까마귀 천지였다. 나뭇가지에 앉은 채 죽은 것도 있었고, 자다가 얼어 죽은 것도 있었다. 구둣발로 나무둥치를 걷어찼다. 그러자 나뭇가지에서 흰 서리와 함께 죽은 새들이 우수수 떨어져 내렸다. 내 어깨 위로도 몇 마리 떨어졌는데, 마치 베레모가 떨어진 것처럼 엄청 가벼웠다.

나는 5번 선로에 있는 열차의 계단 발판에서 뛰어내렸다. 그리고 역무실 안을 들여다보았다. 후비치카 씨가 팔짱을 끼고 전신기 책상 위에 발을 올려놓은 채 고개를 숙이고 잠자고 있었다. 저런 속임수는 나도 쓸 수 있다. 나도 근무하다 잠이 오면 잠깐씩 졸곤 했다. 갑자기 잠이 오면 상황이 될 때 바로 자는 게 상책이다. 다만, 역무원이 근무 중에 졸기 위해서는 특별한 경보 시스템이 갖춰져 있어야 한다. 몸은 깊이 잠들더라도 머리 한구석은 깨어 있어야 한다. 진정한 역무원은 잠을 자다가도, 전신기가 울리면 그 순간 벌떡 일어나 스위치를 눌러 역 고유번호를 날려 보낼 수 있어야 한다. 그러고는 다시 앉아 잠에 빠지면 된다. 그러다 흰색 전신기 리본에 타전이 끝나는 소리가 들리면 얼른 다시 일어나 수신 완료 신호와 역 고유번호를 보내고 전신기 작동을 멈춘 다음, 다시 앉아 계속 자면 된다. 또한 진정한 역무원이라면 사람이나 열차가 접근하는 것을 알려주는 신호를 마련해 두고 잠을 자야 한다. 다가오는 발걸음 소리나, 선로가 분기되는 구간으로 진입하려는 기관차 소리나, 역무실 선로 폐색장치에서 나는, 찻숟가락 떨어지는 소리만 한 아주 작은 소리라도 들을 수 있어야 한다. 이런 소리가 들리면 즉시 일어나 가서 신호 버튼을 내리치면 된다.

계단을 내려오는 역장의 발걸음 소리가 들렸다. 후비치카 씨가 얼른 책상에 올려놓은 발을 바닥에 내리고 벌떡 일어났다. 낡은 제복을 입은 역장이 안으로 들어왔다. 비둘기장 청소를 하러 가려는 게 분명했다. 바지와 옷소매에 비둘기 똥이 하얗게 묻어 있었다. 나는 역무실 안으로 들어갔다.

"역무원 밀로시 흐르마, 근무 복귀 신고합니다!"

순간 두 사람은 내 손을 잡고 흔들며 등을 토닥였다. 역장은 눈물을 글썽거리기까지 했다.

"밀로시, 내 자네한테 뭐라 했었나? 항상 조심하라고 했었지? 내 다시 말해 주지."

역장은 몸을 돌려 손가락으로 포고문에 있는 서명을 가리키며 말했다.

"여기 이 사람, 독일 전권위원 단코가 흐라데츠에서 뭐라고 했는지 아나? 체코 역무원 몇 명쯤은 주저 없이 즉각 그 자리에서 쏴 죽일 수 있다고 했어." 역장은 머리를 절레절레 흔들었다. 승강장 주위를 뒤뚱거리며 걷던 비둘기가 시끄럽게 울어 댔고, 한 무리의 폴란드종 비둘기가 역무실 문 앞까지 날아 내려왔다.

화물열차 한 대가 역으로 들어오고 있었다. 역장이 승강장으로 나가자, 비둘기들이 우르르 날아와 그의 어깨와 머리 위에 내려와 앉았다. 역장은 두 팔도 벌려줘야 했다. 그러자 광장 동상 위에라도 앉듯이 그 위에 날아와 앉았다. 들어오는 열차의 열차장과 승무원 모두가 역장을 쳐다봤다. 기관사는 솜뭉치로 손을 닦다 말고 보고 있었다. 사람들이 자신을 구경하는 게 그저 흐뭇한 듯, 역장은 비둘기 떼를 거느리고 걸어갔다. 걸음을 옮길 때마다 비둘기들이 떨어지지 않으려고 계속 날갯짓을 해 댔다.

"이것도 석탄이라고! 이런 형편없는 것을 주다니!"

기관사가 투덜거렸다.

"또 증기압을 올려야 한다니까! 벌써 두 번째야!"

후비치카 씨가 물었다.

"그런데 요즘도 그림을 그리시오?"

"그렇다오."

기관사가 고객을 끄덕이고는 말을 이었다.

"요즘은 바다를 그리고 있소. 근데, 맙소사, 당신네 역장은 비둘기들과 서커스단에나 가보는 게 나을 것 같지 않소?"

"감자 인형 극장이요!"

후비츠카 씨가 맞장구치며 하던 질문을 계속했다.

"바다를 그리기 시작했다고요?"

나는 승강장에 서서 열차장과 승무원들, 그리고 화부를 쳐다봤다. 그들이 우리 역에 왜 정차했는지 한눈에 알아챘다. 바로 우리의 후비치카 씨를 한번 보고 싶어서였다. 그에 관해 돌아다니는 소문들을 직접 알아볼 수 있지 않을까 해서다. 야간 근무 하면서 전신 기사 아가씨의 치마를 걷어 올리는 모습이나 역 직인을 엉덩이에 마구 찍어대는 모습을 자신들도 보고 싶어서였다.

"그렇다오." 기관사가 감탄스러운 눈빛으로 후비치카 씨를 보며 말했다.

"그림엽서를 보면서 그걸 좀 더 크게 그립니다."

"왜요? 이렇게 자연에 나와 실물을 보고 그리는 게 낫지 않아요?"

"자연? 자연이라면 말도 마쇼. 자연에서는 모든 게 너무 많이 움직이잖소."

기관사가 큰 소리로 말하며 미소를 띠었다. 그러더니 화물열차 쪽으로 몸을 돌려 윙크를 보냈다. 그러자 모두 웃음을 터뜨렸다.

"자연을 따라 그리려면 모든 걸 그것보다 더 작게 그려야 해요. 딱 한 번 숲에 갔다가 바보가 된 적이 있었소. 학교에서 빌려온 박제 여우를 작은 숲속 덤불 사이에 놓고 그림을 그리고 있었는데, 아 글쎄, 스케치도 하기 전에 개 두 마리가 달려와 여우를 갈기갈기 물어뜯어 버렸지 뭐요! 자그마치 300코루나짜리를! 그러니 내게 자연 이야기는 하지 마쇼."

하지만 후비치카 씨는 파란 하늘을 올려다보며 서 있었

다. 이제 나도 하늘에서 그가 보는 것을 볼 수 있었다. 하늘 가득히 우리의 전신 기사 즈데니치카가 누워 있는 모습이 펼쳐졌다. 후비치카 씨가 부드러운 손길로 그녀의 치마를 걷어 올리고, 우리 역 직인을 들고 전신 기사 아가씨 엉덩이에 한 번 두 번 연달아 한참을 찍어댔다. 지금 객차 승무원이건 기관실 승무원이건 할 것 없이 모두 다 하늘을 쳐다보고 있었다. 열차 증기압을 올려야 한다는 핑계로 이곳에 정차해서는 다들 똑같이 하늘에 펼쳐진 그 멋진 사건을 영화 보듯 보고 있었다. 모두 한동안 푸른 하늘을 쳐다보고 나서 경이로운 눈으로 후비치카 씨를 바라보니, 갑자기 후비치카 씨가 멋져 보였다. 심지어 입가 주름도 약간 휜 다리도 보기 좋았다. 나는 후비치카 씨가 여자들에게 확실한 매력이 있다는 걸 이해하게 되었다. 기관사가 후비치카 씨를 보며 말했다.

"내가 그림엽서를 보며 어떻게 바다를 그리는지 아시오? 작업대에 그림 그릴 화판을 바이스로 끼워 놓고, 그 옆에다 그림엽서도 압핀으로 고정해 놓고, 그림을 그립니다. 하지만, 나는 손이 커서 그런지…… 파도가 밀려오면서 부서지는 모습이나, 굽이치며 넘실대는 물결 같은 건 영…… 못 그리겠소."

후비치카 씨가 기관사에게 말했다.

"크니제 씨! 그림엽서도 바이스에 끼워 놔봐요. 바로 화판 옆에요. 그리고 붓을 들고 그림엽서 위에서 파도 선을 따라 움직여 보세요, 이렇게. 이렇게 붓으로 물결을 따라, 손에 익을 때까지 해보는 거예요. 그다음에는 파도를 점점 더 크게 그려 보다가, 원하는 만큼 크게 됐을 때 화판에 직접 그려 봐요."

"이 사람, 생각 한번 좋은데!" 기관사가 놀라워했다.

나는 역무실로 뛰어 들어갔다. 전화벨이 울리고 있었다. 역장이 폴란드종 비둘기를 꾸짖는 척하는 소리가 들렸다. 지금 비둘기들은 역장과 함께 비둘기장에 있었다. 언젠가 기회가 되면 비둘기장에 몰래 다가가, 판자 틈새로 도대체 역장이 비둘기들과 뭘 하고 있는지 엿보고 싶다. 비둘기들이 야단치는 역장을 비웃고 있지는 않을까? 역장이 버릇없다며 한 놈을 붙들고 볼기를 때려 주고 있지는 않을까?

나는 합성수지 수화기를 귀에 가져가며 승강장 쪽을 내다보았다. 남자들이 햇빛 아래 서 있었다. 기관사가 몸을 숙여 후비치카 씨에게 뭔가 속삭였다. 그리고 그 옆쪽 석탄 운반 차량으로 시선을 돌리다가 소스라치게 놀라고 말았다. 화물차량 밖으로 소뿔이 튀어나와 있었다. 아예 머리를 쳐들고 승강장을 쳐다보는 소들도 있었다. 그들의 커다란 눈에는 호기심과 슬픔이 가득 고여 있었다. 거의 모든 차량의 밑창이 뚫려 있었고, 그 뚫린 구멍으로 상처 나고 움직이지 못하고 새파랗게 변한 소의 발들이 툭툭 튀어나와 있었다……. 아! 이런 건 싫었다. 정말 참을 수가 없었다. 독일인들이 굶주린 송아지들을 운송하느라 우리 역에 잠시 정차하면, 나는 반쯤 열린 차량 문틈으로 손가락이라도 내어주며 잠깐이나마 공갈 젖꼭지가 되어주었다. 아, 이런 건 정말 싫었다. 새끼 염소를 가득 싣고 온 열차도 싫었다. 도살장으로 싣고 가느라 그 작은 발들을 꽁꽁 묶어 놓아서 감각을 잃거나 죽어 버렸다. 보고 있기가 힘들었다. 아, 참을 수가 없었다. 그리고 추운 날씨에 2층 무개 화물차량에 돼지를 싣고 프라하 도살장으로 운송할 때가 있었다. 새끼 돼지들은 작은 머리를 서로 꼭 맞대고 있었다. 조금이라도 움직이면 온기가 달아날까 두려워서 꼼짝도 하지 않으려고 했다. 새끼 돼지들의 꽁꽁 언 발, 도자기같이 작고 가녀린 발! 아, 정말 참을 수가 없었다. 또 어느 찌는 듯이 무더운 여름날, 헝가리에서부터 물 한 모금 얻어먹지 못한 채 한가득 실려 온 새끼 돼지들이 있었다. 그들은 가뭄에 목말라 죽어 가는 새처럼 갈증을 이기지 못해 입을 벌리고 헥헥거렸다. 이것도 정말 참을 수가 없었다.

나는 역무실 밖으로 뛰쳐나갔다.

"저 화물들은 어디서 오는 길입니까?"

"전선에서 오는 거라네. 벌써 열흘째 이동 중이야."

열차장은 기가 막힌다는 듯 손을 저으며 말했다. 나는 차량에 뛰어 올라가 그 안을 들여다보았다. 거기 있는 가축 전부가 전염병에 걸린 듯 코에서 콧물이 줄줄 흘러나오고 있었다.

몇 마리는 죽어 있었다. 한 암소 궁둥이에는 나오다가 죽은 송아지가 썩은 채 매달려 있었다. 두 눈엔 말없는 원망과 극심한 고통에 시달리는 눈빛이 가득했다. 나는 두 손을 꽉 쥐며 소리를 질렀다.

"이런 돼지 같은 독일 놈들!"

열차장이 손사래를 치며 소리 질렀다.

"돼지라고? 거참 말 점잖게 하네! 저기 맨 뒤에 석 대의 차량을 봐봐. 다 죽어 가는 양들로 가득하다고. 굶주림에 지쳐 서로 털을 뜯어먹고 있다니까!"

"출발 준비 완료!"

기관사가 보고한 다음, 내게 나직이 말했다.

"소식 들었나? 어젯밤 유격대가 이흘라바 근방에서 엄중히 감시받는 수송 열차를 아주 멋지게 날려버렸대. 몽땅 다 골짜기 아래로 처박아버렸다는군. 그리고 또 폭탄을 던져 다리도 열차 위에다 떨어뜨려 버렸대."

그리고 기관차에 올라타 조종간을 당겼다. 기관차가 움직이기 시작하며, 소의 뿔과 눈이 밖으로 튀어나온 차량과 석탄 가루를 잔뜩 뒤집어쓰고 상처 난 소의 발들이 부서진 바닥 틈으로 삐져나온 차량을 끌고 갔다. 그리고 리버풀 곡물 창고 뒤쪽, 화물 플랫폼 옆 측선에 두 대의 화물차량이 정차해 있었다. 아침에 특급 우편열차가 그곳에 끌어다 놓은 것으로 목적지는 프라하 도살장이었다.

그 후에 엄중히 감시받는 병력 수송 열차 두 대가 지나갔다. 탱크와 군인을 가득 실은 열차들이었다. 두 열차의 기관차에는 각각 지휘관이 탑승하고 있었다. 아마 이흘라바 근방에서 벌어진 유격대의 공격 때문이 아닌가 싶었다. 그리고 마을에서 소몰이꾼들이 소 떼를 몰고 왔다. 끌려오지 않으려고 말을 듣지 않는 소는 꼬리를 잘라 버렸다. 소가 절망하여 큰길에 누워버리자, 소꼬리 밑에 지푸라기를 한 줌 밀어 넣고 불을 붙여 버렸다.

잠시 후 큰 농장의 마차 한 대가 도착했다. 가죽끈으로 팽팽히 연결한 말들이 마차를 끌고 있었다. 뒤에 황소 한 마리가 묶여 있었기 때문이었다. 황소는 무릎이 깨졌고, 코뚜레가 부러져 코가 찢겨 있었다. 황소는 마차 뒤에 뿔이 묶여 끌려가고 있었다. 아마도 황소는 너무 늦게 깨달았으리라. 익숙한 소녀의 치마 냄새에 이끌려 따라 나왔다가 소녀의 배신으로 푸주한의 손에 넘겨져 이 세상 끝을 향해 가는 신세가 되었다는 걸 말이다. 마차는 눈이 녹고 있는 길을 미끄러지면서 황소를 끌고 왔다. 깨진 황소 무릎에서 흐르는 피가 눈 위에 두 개의 붉은 선을 그렸다.

"밀로시!"

후비치카 씨가 몸을 돌려 내 턱을 잡으며 말했다.

"아까 나치 친위대 놈들 일은…… 절대 잊지 않겠네. 나 대신 자네가 당한 거니까."

그때 전화가 울렸다. 선로에 있는 신호소로부터 온 것이었다.

"독일 놈들, 이 나쁜 새끼들!"

나는 욕을 내뱉었다. 그리고 전화를 받았는데, 깜짝 놀랐다.

"후비치카 씨. 우리 역 신호기 가로대가 내려가 있답니다."

"어떤 열차에 보내는 '진행' 신혼데?"

"특급 우편열차요."

"미쳐버리겠군!"

"제가 자전거를 타고 가서 신호기 가로대를 '진행' 위치로 바로잡겠습니다."

나는 뛰어나가 자전거를 타고 리버풀을 지나 신호기를 향해 달려갔다. 나는 신호기 기둥의 강철 고리를 밟고 올라간 다음, 신호등에 다리를 벌리고 걸터앉아 신호기 가로대를 들어 올렸다. 벌써 특급 우편열차가 가까이 다가오고 있었다. 우편물뿐만 아니라 장교용 식량과 음료수를 전선으로 수송하는 이 특급 우편열차는 모든 역을 멈추지 않고 지나가는 열차다. 이 열차보다 우선권이 있는 건 엄중히 감시받는 병력 수송 열차뿐이다. 열차의 기관사가 신호등 위에 앉아 있는 나를 발견하

곤 황급히 속도를 늦췄다. 얼른 나는 손전등을 꺼내 통과하라
는 녹색 신호를 보냈다. 기관사가 다시 기관차를 가속하자 특
급 우편열차 차량이 내 옆을 휙, 휙, 지나갔다. 열차가 내뿜고
간 연기를 뒤집어쓴 채, 그 위에서 잠시 후비치카 씨 모습을 내
려다보았다. 그는 사라져 가는 열차 꽁무니를 보고 서 있었다.
기관차가 눈을 헤치고 눈바람을 일으키며 달려갔다. 맨 끝 차
량에는 종잇조각과 잔가지가 뒤섞여 흩날리는 눈보라를 꽁무
니에 매달고 달려갔다.

오후 휴식 시간이 되었다. 나는 난로 위에 파란색 수프 냄
비를 올려놓고 전동 궤도차에 진입 신호를 보냈다. 후비치카
씨는 전신기 책상 위에 다리를 올려놓고 창문으로 파란 하늘
을 내다보고 있었다. 그가 물었다.

"궤도차에 누가 타고 있다던가? 아무 말 없었어?"

"선로 관리책임자라고 했어요." 나는 숟가락으로 파란색
냄비 안을 휘휘 저으며 대답했다. 그때 소리 없이 문이 열리며
누군가 역무실 안으로 들어왔다. 얼핏 회색 바지와 번쩍번쩍
윤이 나는 구두, 그리고 외투가 보였다.

"여기 분위기 한번 좋네요."

"그렇죠." 수프를 홀짝이며 내가 대답했다.

후비치카 씨는 여전히 전신기 책상 위에 다리를 올려놓고
하늘을 내다보고 있었다.

"내가 누군지 아시나요?"

"가축 탁송 땜에 오신 분 아닌가요?

"그런가요? 그런데 역장님은 어디에 있나요?"

"비둘기장에요."

그러자 그가 냅다 소리를 질렀다.

"자네, 지금 여기 있는 내가 누군지 알기는 하나? 슬루슈니 운수국장이다!"

나는 이미 역장과 후비치카 씨가 얘기하는 걸 들어서 알고 있었다. 그때 두 사람은 운수국장에 관한 얘기만 할 뿐인데도 두려움에 몸을 떨었다. 나는 곧바로 몸을 곧추세웠다. 한쪽 손에는 숟가락과 냄비를 든 채, 다른 한쪽 손으로 거수경례하며 신고했다.

"수습생 밀로시 흐르마! 근무 중 이상 무!"

"냄비나 내려놔!"

운수국장이 소리치며 파란색 냄비를 손으로 쳐냈다. 그리고 바닥에 엎어진 냄비를 발로 걷어찼다. 냄비는 달그락거리며 캐비닛 밑으로 굴러 들어갔다. 나는 차렷 자세로 서 있었지만, 이 상황에도 여전히 후비치카 씨는 전신기 책상 위에 다리를 올려놓고서 의자에 앉아 있었다. 아마 운수국장이 두려워 그대로 마비되어 버린 것 같았다. 그때 창문 아래로 역장의 모습이 살짝 보였다 사라지더니, 이내 역무실로 들어왔다. 방금 비둘기장에서 허겁지겁 달려온 모습으로 모자도 쓰고 있지 않았다. 역장이 거수경례하며 신고했다.

"쉬어!" 운수국장이 아주 차분한 목소리로 말했다. 그리고 꼼꼼히 역장의 복장 상태를 점검했다. 역장의 제복에는 비둘기 똥이 덕지덕지 허옇게 묻어 있었다. 그러다 상의 단추 하나가 채워져 있지 않은 걸 발견하고 요거다 싶었는지 잠시 그 앞에 서 있었다. 그리고 역장을 한 바퀴 빙 돌고 나서 더러운 바지를 내려다보았다. 그때 역장이 말을 꺼냈다.

"제 생각에는……"

"저 작자도 생각이라는 것을 하나?" 운수국장이 나를 향해 나직이 물었다.

"네. 그렇습니다!"

"네라고?" 운수국장이 놀랍다는 표정을 지으며 계속 말했다.

"자네는, 내가 이런 작자를 철도청 감독관으로 추천했다는 사실을 알고 하는 소린가?"

나는 그저 어깨만 한번 으쓱했다.

"내 말 잘 듣게. 자네 정말 철도청 감독관이 되고 싶기는 한 건가?" 운수국장이 역장에게 물었다. 역장의 얼굴에 비둘기 깃털 하나가 대롱대롱 매달려 있었다.

"원합니다." 역장이 대답하며 한숨을 내쉬자, 깃털이 위쪽으로 날아올라 이마에 붙어 팔랑거렸다.

"이렇게 거위 새끼나 키우면서 말인가?"

"아닙니다." 역장이 숨을 내쉬자 물음표 모양의 흰색 깃털이 팔랑거렸다.

"자세한 얘긴 흐라데츠에서 하지. 하지만 아무리 봐도 참대~단한 역이야!" 운수국장이 고함을 질렀다. 그리고 책상 위에 올려놓은 후비치카 씨의 발을 후려쳐 바닥에 떨구었다.

"저 궤도차에 누가 타고 왔는지 알기나 해? 조사관들이 왔어. 여기 이 신사 양반을 개인의 자유를 악의적으로 침해한 죄로 형사 고발할 건지, 아니면 단순히 징계 조치만 내릴지 그걸 조사하러 왔단 말이야."

이때 역장이 슬그머니 자기 사무실 문을 열어젖혔다. 붉은 꽃, 푸른 꽃들로 수놓은 멋진 페르시아 카펫과 마호가니 책상, 그리고 잎들이 우산 모양으로 책상 위를 덮고 있는 종려나무, 터키산 흡연 탁자와 스툴이 있는 사무실을 보여주고 싶어서였다. 그러나 운수국장은 고개를 절레절레 흔들며 말했다.

"그 주인에, 그 사무실이군!!"

그때 조사관 제드니체크가 들어왔다. 서류가 잔뜩 든 가방을 들고 왔다. 가방에서 사진을 여러 장 꺼내더니 전신기 책상에 펼쳐 놓았다. 우리 역 직인이 잔뜩 찍힌 우리의 즈덴카 스바타의 엉덩이 사진들이었다. 그사이에도 역장은 깨끗한 제복으로 갈아입고 오겠다고 계속 애원했다. 하지만 운수국장은 허락하지 않았다. 역장은 서기가 되어 조사 과정을 기록해야 했다. 잠시 후 즈데니치카도 들어왔다. 처음에 그녀를 알아보지 못했다. 도장 사건과 좋지 않은 소문을 겪으며 오히려 당당해지고 더 아름다워졌다. 눈빛도 눈매도 더 깊어졌다. 그녀가 손을 내밀며 내 눈을 빤히 쳐다볼 때는 현기증이 날 정도였다. 그러면서 벌써 자기에게 관심을 보이는 영화사가 있어서 어쩌면 영화계에 진출할지 모르겠다고 했다.

조사관 제드니체크가 작은 유럽 지도를 꺼냈다. 먼저 현재 독일군이 처한 전시 현황에 대해 일장 연설을 늘어놓을 모양이었다. 책상 위에 펼친 지도에는 군데군데 구멍이 나 있었다. 계속 주머니에 넣고 다녀서 접힌 부분이 닳아 찢어진 것이었다. 그런데 모든 구멍 크기가 지도의 스위스만 했다. 제드니체크는 카르파티아산맥 전투 상황을 설명했다. 그곳에는 만스펠트 제5군단이 교전 중이며, 아들 블제티슬라프 제드니체크도 그곳에서 싸우고 있다고 했다. 그런데 지도 위의 제5군단 위치는 뚫어진 구멍 속이었다. 제5군단은 벌써 일주일째 그곳에 꼼짝없이 갇혀, 아직도 구멍에서 기어 올라오지 못하고 있었다. 그곳에서 싸우고 있는 제드니체크의 아들은 아버지와 마찬가지로 독일어를 제대로 하지 못했다. 독일 군인들에게 관등 성명을 댈 때는 자기 이름에 쓰인 체코어 자음, 모음 부호를 빼고 말했다.

조사관 제드니체크가 설명을 이어갔다. 연필로 지도에 실제 흑해만 한 크기의 동그라미를 몇 개 그렸다. 동그라미는 언제든 독일 군대가 보이지 않게 적군을 에워쌀 포위망이었다. 이어서 소아시아를 거쳐 아프리카까지 독일군 전선 이동 상황을 동그라미를 그리며 설명했다. 그곳에서 영국 군대를 고립시켰고, 재빨리 스페인으로 넘어가 미국 군대의 목덜미를 낚아챘다. 그런 다음 보호령 상황에 대한 언급으로 넘어갔다. 보호령에서는 곧 총투입 명령 조치가 발효될 것인데, 그와 관련된 조치로 단축 수업이 시행되고 박물관과 전시장이 폐쇄되고, 많은 열차가 운행 중지되며, 운동경기는 일요일에만 허용될 것이라고 말했다.

"이게 당신 엉덩이 맞소?" 조사관 제드니체크가 즈데니치카에게 질문을 하며 사진을 보여주었다.

"맞습니다." 그녀가 대답하고는 웃었다.

"역에서 사용하는 직인을 그곳에 찍은 사람이 누구요?"

조사관 제드니체크가 질문하고, 역장은 기록했다.

"후비치카 씨입니다."

"그렇다면, 즈덴카 스바타양, 모든 일이 어떻게 일어났는지 우리에게 이야기해 줄 수 있겠소?"

"그때 우리는 함께 야간 근무를 서고 있었습니다. 자정 무렵 나는 손톱에 매니큐어를 칠하고 있었고, 더 이상 운행되는 열차도 없었고, 심심했던 참이었습니다."

즈데니치카가 말하며 천장을 쳐다보았다. 말을 받아 적던 역장이 말했다.

"천천히 좀 해요!"

"그때 후비치카 씨가 벌칙 게임을 하자고 했습니다. 하늘을 날아다니는 동물 이름 대기 게임을 했습니다. 아시죠? '비둘기가 난다, 까마귀가 난다, 오리가 난다…….' 제가 먼저 져서 신발을 벗었어요. 그러다가 팬티까지……." 그녀는 열심히 받아적는 역장의 연필이 움직이는 것을 봐가며 설명했다. 조사관이 질문했다.

"누가 당신 옷을 벗겼소?"

"후비치카 씨죠."

그녀가 대답하고는 웃음을 터뜨렸다. 후비치카 씨는 무릎에 모자를 올려놓고, 다리를 꼬고 의자에 앉아 있었다. 그의 대머리가 빛났다. 흐라데츠 지역본부에서 나온 조사관들이 그의 대머리를 한 번 쳐다보고, 다시 예쁜 전신 기사 아가씨를 한 번 쳐다보더니 한숨을 내쉬며 머리를 가로저었다. 이제 자신들의 선입견이 확인됐다는 듯이 조사에 더 집중했다. 무엇보다도 개인의 자유 침해에 대한 형사 고발을 위해 구체적인 증거를 찾아내려고 노력했다.

나는 그사이에도 열차가 오면 '진행' 신호를 보내거나 '정지' 신호를 보냈다. 그때마다 내 신호에 따라 역을 통과하는 모든 열차를 유심히 지켜보며 나를 감독하고 있는 후비치카 씨의 시선이 느껴졌다. 후비치카 씨는 늘 나의 우상이었다. 그에게 교육받았던 도브로비체에서부터 그랬다. 그때 보았던 후비치카 씨는 한쪽 손으로는 다른 역에 연락을 취해 열차 통과 처리를 하면서, 다른 한쪽 손으로는 또 다른 역에 선적 명세표를 전신으로 보낼 수 있는 사람이었다. 그런 그가 지금은 법정의 피고인처럼 앉아 있었다. 나는 알 수 있었다. 여기 운수국장과 조사관 제드니체크 역시 후비치카 씨가 했던 것을 똑같이 즈데니치카에게 하고 싶어 한다는 걸 말이다. 하지만 이들은 보통 사람들처럼 비겁한 겁쟁이였다. 아무런 두려움도 없는 유일한 사람은 바로 저기 앉아 있는 저 사람, 자신의 유명세를 즐기고 있는 후비치카 씨였다.

　　"즈덴카 스바타 양, 잘 생각해서 대답하세요!"

　　조사관 제드니체크가 말하며 일어섰다.

　　"후비치카 씨가 당신을 전신기 책상 위에 눕힐 때 당신에게 어떤 압박을 가하지 않았습니까? 당신을 위협하지는 않았나요? 힘으로 밀어붙이지 않았나요?"

　　"천만에요. 아니에요. 자발적으로, 스스로 누웠습니다. 갑자기 그곳에 눕고 싶다는 생각이 들었거든요. 누워서…… 무슨 일이 일어나는지 기다렸어요."

전신 기사 아가씨가 웃으며 대답했다.

"무슨 일이…… 일어나는지…… 기다렸다."

역장이 그녀의 말을 나직이 되뇌며 받아 적었다.

나는 승강장으로 뛰어나갔다. 또 하나의 엄중히 감시받는 수송 열차가 본선으로 들어오고 있었다. 열차에 적재된 탱크 위에 병사들이 앉아서 햇볕을 쬐고 있었다. 모두 내 또래의 젊은이들로 보였는데, 나보다 어려 보이는 소년도 몇 명 있었다. 어떤 탱크 위에는 초록색 공을 주고받으며 놀고 있는 병사들도 있었고, 또 어떤 탱크 위에는 「하이델베르크에서 내 마음을 잃어버렸네」라는 노래를 부르는 병사도 있었다. 그러나 5번 선로에 서 있는 폭격 맞은 열차 옆을 지날 때는 모두 다 온몸이 굳어 버린 듯, 꼼짝도 하지 않고 서 있었다. 차량기지로 수리받으러 가게 될, 저 폭격 맞은 열차 옆을 가까이 지나쳐가게 되면 누구나 온몸이 굳어 버렸다. 심지어 열차 주방에서 감자를 깎고 있던 손길도 멈췄다. 분명히 저 병사들은 고향에서 이보다 더한 것들, 폐허가 되어 버린 마을과 집, 쌓여 있는 시체들을 보았을 것이다. 그렇다고 해도 지금 여기서 이런 끔찍한 것을 보게 되리라고는 상상도 하지 못했을 것이다.

나는 역무실로 들어가 수송 열차의 통과를 보고했다. 조사관 제드니체크가 창가에 서 있었다.

"저기 우리의 희망이 가고 있네. 우리 젊은이들이 유럽의 자유를 위해 싸우러 가고 있단 말이다. 당신들은, 그런데 여기서 무슨 짓을 하는 거지? 전신 기사 아가씨 엉덩이에 도장이나 찍고 있다니!"

그는 다시 책상 앞으로 걸어와 사진들을 들여다보다가 손으로 싹 쓸어 버렸다.

"어쨌든, 개인의 자유를 침해한 죄가 성립되기는 어려워 보이네. 하지만 이것은 우리의 국가 공용어인 독일어에 대한 모독 행위라고 볼 수 있어!" 그는 자리에서 일어나 주먹으로 책상을 쾅! 하고 내리쳤다.

"역에서 사용하는 도장의 반 정도가 독일어로 새겨져 있으니까! 이건 명백히 독일어에 대한 명예훼손이야!"

나는 다시 승강장으로 나가 전선에서 오는 병원 열차에 통과 신호를 보냈다. 병원으로 개조된 특급 차량 열차였다. 이 병원 열차를 보면서 뭔가 아주 낯설다고 느껴졌다. 그것은 바로 사람의 눈빛, 바로 부상병들의 눈빛이었다. 전선에서 경험한 고통, 자신들이 받았고 또 자신들 역시 남에게 주었을 그 고통이 이들을 다른 사람으로 만들어 놓았나 보다. 나는 반대 방향으로 가던 독일 병사들보다 이 독일 부상병들에게 좀 더 마음이 갔다.

이들 모두 단조롭기만 한 시골 풍경을 어린아이처럼 열심히 창문으로 내다보고 있었다. 마치 지금 낙원을 지나가고 있는 듯, 우리 역이 무슨 보석 가게라도 되는 듯, 후비치카 씨가 하늘을 바라보듯이, 그렇게 창밖을 내다보고 있었다. 누렇게 뜬 부상병들은 또 그렇게 호기심이 많은 눈빛으로 나를 쳐다보았다. 어떤 이들은 그저 고개만 돌려서, 다른 이들은 차량 천장에 매달려 있는 철봉을 꽉 잡고서, 또 다른 이들은 간호병의 부축을 받으며 쳐다보고 있었다. 이 병원 열차는 고향으로 가고 있었다. 열차는 온통 하얀 침대뿐이었다. 거기에 놓인 누런 손과 말라비틀어진 누런 얼굴, 아이 같은 눈빛이 도드라져 보였다. 마지막 차량은 무개 차량이었다. 그 안에서 두 명의 위생병이 시체에서 환자복을 벗겨내고, 시체를 이미 뻣뻣하게 굳은 다른 시체 더미에 내던졌다. 수송 중에 사망한 군인들이었다. 이제 병원 열차가 점점 멀어져 갔다. 마지막 차량의 붉은 후미등이 희미하게 빛나며 열차 움직임에 따라 흔들거리고 깜빡이며 멀어졌다.

"당신들 같은 사람을 위해 우리의 젊은이들이 고귀한 피를 흘리고 있단 말이야."

조사관 제드니체크가 창가에 서서 말했다.

"조금 전에 지나간 병원 열차 봤지? 여기 당신들은 이따위 짓거리나 하고 있는데 말이야. 이것으로 조사는 끝! 역장, 받아 적게! 결정! 라디슬라프 후비치카를 징계위원회에 넘긴다! 이상!"

그는 승강장으로 나가 손짓으로 궤도차를 불렀다. 즈데니치카도 궤도차에 올라 운수국장 옆에 앉았다. 나는 궤도차를 신고한 다음 출발 신호를 보냈다. 그때 조사관 제드니체크가 말했다.

"체코인들이 어떤 인간인지들 아나? 실실 웃어대는 징글 징글한 족속이야!"

궤도차가 5번 선로에 서 있는 폭격 맞은 기차 옆을 지나 역을 빠져나가기 시작했다. 조사관 제드니체크는 부서진 열차 지붕과 기관단총에 뚫린 구멍들을 노려보았다. 역장은 2층으로 올라가 소리를 지르며 의자를 바닥에 쾅, 쾅 내리쳤다. 1층 역무실 천장에서 석회 가루가 떨어졌다. 그러더니 부엌 환기통에 대고 고래고래 고함을 질렀다.

"타락한 이놈의 세상! 소돔이 따로 있나! 창녀들이 경찰의 비호를 받으며 카페나 음식점, 사무실로 기어들고, 남편이란 작자는 제 아내를 거리로 내몰고, 말을 듣지 않으면 어린 자식을 톱으로 잘라 버리겠다고 협박하는 이놈의 세상! 성욕을 채우기 위해서라면 별별 짓거리를 다 하는 세상, 이 타락한 세상! 차라리 하느님이 최후의 심판 나팔을 불어 모든 걸 끝내 버리시는 게 낫지!"

그러고는 부엌 바닥을 있는 대로 쿵쾅거리며 왔다 갔다

했다. 지금 자신이 우리 때문에 얼마나 괴로운지 아래층에 있는 우리에게 알리는 거였다. 한 시간이 지나서야 자기 사무실로 내려왔다. 정복 차림이었다. 그사이에 사람들이 트럭에 실려 온 마지막 황소를 측선 옆 화물 플랫폼에 끌어 올리고 있었다. 이 소도 역시 정든 소녀의 손에 이끌려 푸주한의 트럭까지 오게 됐을 것이다. 기차역을 향해 트럭이 출발하자 황소가 난동을 부리기 시작했고, 이를 보다 못한 푸주한이 옆 조수한테 말했다.

"보호우시, 저놈 저러다 우리 옆구리를 걷어차겠어. 자, 여기 칼이 있으니, 저놈 눈깔을 확 파 버려!"

보호우시가 우리 사무실에 와서 해준 얘기였다. 보호우시는 조수석에서 뒤로 몸을 돌려, 칸막이 창문으로 손을 뻗어 칼을 두 번 휘둘러 황소의 눈을 파 버렸다고 했다. 그리고 이렇게 덧붙였다.

"그러자 그놈의 황소가 새끼 양처럼 순해지던걸요! 헤헤헤. 눈이 없어지니까, 이놈의 세상에 관심이 없어졌나 봐요!"

이 황소를 끝으로 가축 상인들이 역무실 문을 쾅! 닫고 나갔다. 그러자 역장이 일어났다. 창턱에서 비둘기들이 역장을 향해 구구거리며 울었지만, 역장은 비둘기들을 보며 눈살을 찌푸리고 고개를 가로저으며 손가락으로 제복 상의의 칼라를 쓸어내렸다. 그리고 다시 생각에 빠져들었다. 역장의 표정이 점점 더 우울해졌다. 역장은 장롱을 열고 아직 한 번도 입어보지 못한 새 제복을 물끄러미 바라보았다. 이미 새 제복에는 금색 자수의 별이 하나 달려 있었다. 옛날 장군 군복에 수놓은 피나무 잎 가지처럼 오로지 금박과 금실만 사용해서 수를 놓은 것이었다. 그는 감정을 누르지 못하고 역무실을 지나 2층 부엌으로 뛰어 올라갔다. 그리고 환기통에 대고 똑같은 푸념을 계속 되풀이했다. "승진은 무슨 놈의 승진! 감독관은 물 건너갔다고!"

여객열차가 떠나고 난 뒤, 후비치카 씨가 다시 승강장으로 나와 봄이 오기 전 푸른빛이 도는 하늘을 올려다보고 있었다. 그는 지금 하늘에서, 흐라데츠 크랄로베 지방 철도청 관할 지역에서 명성을 얻게 된 자신의 위업을 다시 한번 그려보고 있는 게 분명했다. 드넓은 푸른 하늘을 스크린 삼아, 거기에 전신 기사 아가씨를 뉘어 놓고 치마를 걷어 올린 후, 아가씨의 말랑말랑한 엉덩이에다 하나 찍고 또 찍고 연달아 교회 탑만큼 찍어대는 영화를 보고 있었다. 갑자기 무슨 결심이라도 한 듯 후비치카 씨가 몸을 돌려 내가 서 있는 알코브로 왔다. 그곳은 신호기와 선로 분기기, 그리고 원거리 신호기를 조종하는 레버와 핸들이 있는 공간이었다. 그가 작은 목소리로 내게 속삭였다.

"밀로시, 내일 우리 야간 근무야. 자네와 나, 우리 함께……. 화물열차 한 대가 내일 새벽 2시쯤 우리 역을 통과할 거야. 스물여덟 개나 되는 무개 차량에 탄약을 가득 실은 열차야. 우리 역과 다음 역 사이에는 산도 없고 건물도 없고 아무것도 없지. 열차를 몽땅 공중으로 날려 보낼 기회야."

"예. 그렇죠. 그런데 뭐로요?"

"걱정하지 마! 다 곧 얻게 될 거야!"

"열차는 어디 있어요?"

"내일 트레비체에서 출발할 거야."

"이번에 다시 우리 둘이 병력 수송 열차를 엄중히 감시하게 되겠네요. 그렇죠?"

나는 웃음을 터뜨렸다. 잠시 알코브 안이 어두워졌다. 폴란드종 비둘기 한 무리가 창문을 스치며 날아갔다.

성에서 전갈이 왔다. 킨스키 백작이 역장을 저녁 식사에 초대하며, 7시에 백작의 시종이 말을 몰고 와 그를 모셔간다고 했다. 나는 역무실 블라인드를 내리고 불을 밝혔다. 역장실에 전등이 있었지만, 나는 심지가 둥글고 초록색 갓이 씌워진 석유등을 켜놓았다. 그리고 후비치카 씨와 함께 밖으로 나가서 역으로 들어오는 열차에 손전등으로 통과 신호를 보냈다. 역장이 남작 복장, 즉 회색 바지에 사냥꾼 재킷, 꿩 깃털이 꽂힌 슈바르첸베르크 모자를 들고 내려왔다. 역장은 문을 열어놓고 사무실로 들어가 옷을 갈아입었다. 그 모습을 사람들이 보는 걸 즐겼다.

들판 길을 따라 백작 시종이 백마를 타고, 옆에 또 한 마리의 백마를 거느리고 역에 도착했다. 하늘 여기저기에 별이 깜빡이며 밤을 밝혔다. 얼어붙은 눈이 말발굽에 밟히며 부서지는 소리가 들렸다. 역장실에서는 초록 석유등 심지 타는 소리가 조용하게 울렸다. 역장은 거울을 빤히 들여다보며 자기 모습을 점검했다. 암사슴 가죽 장갑에 슈바르첸베르크 모자까지, 사교를 위한 복장이 제대로 갖춰진 모습이었다. 등불이 천장에다 해골 갈비뼈처럼 생긴 하얀 동심원 그림자를 드리웠다.

어린 시절 방학이면 할머니 댁에 놀러 가곤 했었다. 밤이 되면 할머니는 딱 저런 석유등을 탁자 위에 켜 놓았다. 나는 침대에 누워 천장을 올려다보며, 등불이 천장에 그리는 하얀 동심원을 보는 걸 좋아했다. 나는 보고 싶을 때는 언제나 천장에 그려진 해골 뼈를 볼 수 있었다. 심지어 깃털 이불로 눈을 가려도 천장이 보였고, 그 천장에 그려진 해골 뼈도 보였다. 어느 날 그렇게 또 천장을 보는 중이었다. 그때 할머니가 앞치마 하나 가득 장작을 담아 들고 들어와서는 난로 앞에다 우르르 쏟아놓았다. 나는 버럭 소리를 질렀다. "해골 정강이뼈가 다 떨어져 버렸잖아요!"

백마를 탄 백작 시종이 옆에 또 한 마리의 백마를 거느리고 역에 도착했다. 두 마리 백마가 여름밤 재스민꽃처럼 승강장을 환하게 해주었다. 역장이 사무실에서 나오자 시종이 얼른 말에서 뛰어내려, 역장이 등자에 발 올리는 걸 도왔다. 안장에 올라탄 역장이 고삐를 몸쪽으로 당겨 쥐었다. 그리고 먼저 비둘기장으로 갔다.

"얌전히들 자고 있어! 갔다 올게. 너희 역장님은 빨리 돌아오실 거야! 그러니 어서 자라, 귀여운 내 새끼들!"

역장이 말하자 폴란드종 비둘기들이 구구구 울어 댔다. 날개를 펴고 파닥거리다 비둘기장 격자무늬 문살에 부딪히기도 했다. 역장은 시종의 호위를 받으며 말을 타고 떠났다. 두 마리 백마가 선로를 가로질러 꽁꽁 얼어붙은 들판 길을 달려갔다. 멀리서 말발굽 소리는 들려오는데, 두 마리 말이 눈 덮인 들판처럼 하얀색이라서 보이는 거라고는 역장과 시종의 어두운 색깔 옷만 덩그러니 허공에 앉아 있는 것 같은 우스꽝스러운 모습이었다.

후비치카 씨가 리넨이나 실크 두루마리처럼 돌돌 말아놓은 열차 운행 도표를 꺼냈다. 그는 일정표에 고개를 숙이고 연필로 열차 일정을 따라가 보았다.

나는 짧은 초록색 커튼을 걷고 표를 팔았다. 어두컴컴한 대합실에 앉아 있던 승객들이 매표소에서 표를 사 들고 다시 어두운 구석으로 돌아갔다. 승객들은 찬 공기 속으로 나가려하지 않았다. 그 대신 역무원들의 움직임을 보고 열차가 도착하는지 판단했다. 나는 종종 심술궂은 장난을 쳤다. 열차 도착 시간이 30분이나 남았는데도 금방 도착이라도 하는 것처럼 외투를 입고 깃을 세우며 승강장으로 나갔다. 그러면 승객 모두가 나를 따라서 우르르 몰려나왔다. 나는 태연하게 잠시 승강장을 서성거리다가 손전등을 선로 옆에 세워 두고 따뜻한 사무실로 돌아갔다. 그러면 추위에 떨던 승객들도 다시 대합실 난롯가로 돌아가 나를 곱지 않은 시선으로 흘겨봤다. 우리 역장도 그림자와 밤의 어둠을 곧잘 이용했다. 밤이 되면 가끔 낡은 고무 실내화를 신고 역을 돌아다니며 슬며시 역무원들의 근무 상태를 점검했다. 아뿔싸, 한번은 자정이 넘어 자고 있던 나를 붙잡았다. 나는 의자에 앉아 턱을 내리고 자고 있었다. 역장은 대합실의 매표소 창구 난간에 올라서서 초록색 커튼 너머로 그런 내 모습을 발견했다. 고무 실내화를 신은 역장은 소리 없이 승강장으로 나와 문을 열고 살금살금 내 앞으로 다가왔다. 그리고 얼굴에 회심의 미소를 띠며 어깨를 잡고 나를 흔들어 깨웠다. 아직 잠이 덜 깬 나는 그때가 아침이고 집에 있다고 생각했다.

"몇 시에요, 아빠?"

역장이 소리를 꽥 질렀다.

"아빠? 무슨 아빠! 나는 역장이다. 지금 근무 시간이야!"
역장은 이 사실을 흐라데츠 지방 철도청에 보고했다. 얼마 후 나는 근무태도 불량 경고를 받았다.

여객열차가 역으로 들어오고 있었다. 승강장으로 나가

는 나를 보고 대합실에서 승객들이 우르르 몰려나왔다. 열차가 천천히 멈춰 섰다. 두 번째 차량 발판에 서 있는 마샤가 보였다. 그녀 목에 두른 하얀색 스카프가 어둠 속에서 유난히 빛났다. 가슴에 근무 표시등이 달려 있었고, 손목에는 가죽끈으로 잡아맨 차장용 검표집게를 차고 있었다. 마샤는 언제나 깔끔한 모습이었다. 우리가 철도청 차량기지 울타리를 칠할 때도 그랬다. 근무가 끝나고 교대 시간이 되었는데도, 막 근무를 시작한 사람처럼 말쑥한 모습이었다. 마샤가 발판에서 뛰어내렸다. 뛰어내리려고 발을 내미는 순간, 앙증맞은 까만색 구두와 하얀색 양말이 보였다. 뺨에 예쁜 보조개가 도드라져 보였고, 얼굴은 수건 끝으로 작고 예쁜 귀를 방금 닦고 나온 사람처럼 파란 저녁 하늘 아래에서도 환하게 빛났다. 그녀가 사과 한 알을 건넸다. 한쪽 손에 손전등을 든 나는 다른 한쪽 손으로 받았다. 마샤가 팔로 나를 꽉 껴안았다. 나보다 힘이 셌다. 뺨에서 우유 냄새가 났다. 어찌나 세게 껴안았는지, 그녀 가슴에 달린 근무 표시등 열기가 뜨겁게 전해졌다. 그 열기가 내 심장까지 뜨겁게 해주는 것 같았다. 마샤가 속삭였다.

"밀로시, 밀로시! 네가 좋아. 얼마나 좋은지 몰라. 지난번에 있었던 일 있잖아, 그거 모두 내 잘못인 것 같아. 친구들한테도 물어봤고 어른들한테도 물어봤는데, 다음에는 분명히 잘될 거래. 그럴 때 어떻게 해야 하는지 이제 확실히 알았어. 무슨 말인지 알지?"

그녀가 한 걸음 뒤로 물러서 주머니에서 열차 운행 시간
표를 꺼내더니 그 안의 사진 한 장을 건넸다. 본 적이 없던 사
진이었다. 사진을 받을 때 손가락으로도 느껴졌다. 얼마나 사
진을 만지작거렸을지……. 내 사진이었다. 빨간 페인트로 차
량기지 울타리를 칠할 때 내가 주었던, 어릴 때 하얀 세일러복
을 입고 찍은 사진이었다. 사진을 뒤집어 보았다. 거기에 또 다
른 사진 한 장이 풀로 붙어 있었다. 마샤의 어린 시절 사진이었
다. 그녀도 세일러 블라우스를 입고 있었다. 서로 등을 대고 꼭
붙어 있는 사진 두 장을 동그랗게 오려 놓았다. 마샤가 물었다.

"밀로시, 언제 우리 집에 올래? 응? 언제?"

"모, 모레, 너, 너만 괜찮다면……." 나는 말을 더듬었다.

이제 호루라기로 9번 신호를 보내야 할 시간이었다. 내
가 '모든 승무원, 정위치!'라고 말하며 호루라기를 불자, 차장
들이 작은 등을 높이 들어 올려 출발 준비 완료 신호를 보냈다.
내가 녹색 손전등을 들어 출발 신호를 보내자 열차가 출발하
기 시작했다. 마샤가 달려들어 나를 다시 한번 힘껏 껴안았다.
잠깐 우리 둘은 사진처럼 그렇게 꼭 붙어 있었다. 마샤가 가볍
게 입맞춤한 뒤 손잡이를 잡고 발판 위로 뛰어올랐다. 그녀 가
슴에 근무 표시등이 푸르스름하게 빛났다. 나는 말없이 서 있
었다. 정말로 남자가 된 느낌이었다. 확신할 수 있었다. 저번에

도 그랬었다. 남자라고 느껴졌었다. 그런데 결정적인 순간에 백합처럼 훅 시들어 버리고 말았다. 어떻게 그런 일이 일어날 수 있었을까?

마샤를 마지막으로 본 건 병원에 있던 나를 찾아왔을 때였다. 그녀가 침대에 누워 있는 나에게 몸을 숙였다. 내 쪽으로 흘러내리는 파란색 코트의 은색 단추가 마치 다리 위의 가로등 불빛처럼 반짝거렸다. 그녀가 키스하려고 했다. 그런데 그 전에 그녀 가슴 주머니에서 근무용 검정 호루라기가 떨어지며 내 이빨을 때렸다. 또 침대에 앉다가 다친 내 손을 깔고 앉았다. 그런데 곧 그녀가 병원을 떠나야 하는 일이 발생했다. 막 마취에서 깨어난 환자 때문이었다. 환자는 일어나고 싶었지만, 침대에 묶여 있었다. "막스! 이것 좀 풀어줘어어어어어, 마아아아악스!" 그러다 끈이 하나 풀어졌다. 풀린 손을 허우적대다가 침대 아래 유리 소변기가 만져지자 그걸 집어 들고는 온 힘을 다해 내던졌다. 병실을 가로질러 날아간 변기가 내 침대 옆 벽에 부딪히며 산산조각이 났다. 마샤는 사방으로 튄 오줌을 뒤집어쓰고 말았다. 병실을 떠나는 그녀 머리에 오줌 방울이 매달려 반짝거렸다. 마샤는 병실 문 앞에 잠시 서서 내게 손 입맞춤을 보내고 떠났다. 나는 그런 그녀 모습을 보고 있을 수밖에 없었다. 퇴원하고 나온 날 병원 주위를 둘러보았지만 나를 마중 나온 사람은 아무도 없었다. 그날은 무척 우울한 날이었다. 옆자리에 누워 있던 열다섯 살짜리 소녀 때문이었다. 소녀는 병실 장에서 부모님이 선물로 준비해 놓은 펠트 부츠를 발견했다. 참고 그냥 있을 수가 없었다. 소녀는 당장 부츠를 신고 프라하행 열차를 탔다. 하지만 열차가 사탈리체 암반 지역을 지나다가 마주 오는 여객열차와 충돌하고 말았다. 그때 열차 좌석들이 서로 부딪치면서 그 속에서 낀 소녀의 다리도 으스러져 버렸다. 마취에서 깨어난 소녀가 계속 울부짖었다. "부츠를 장에 넣어 주세요. 엉엉. 제발, 부츠를 ……."

나는 혼자 병원을 떠났다. 걸어가면서 가게 쇼윈도에 비친 모습을 보고 누군지 알아보지 못했다. 내 얼굴을 찾아보려 했지만 거기 있는 얼굴은 내가 아니었다. 누군가 낯선 사람 같았다. 쇼윈도에 비친 내 모습 앞에 가만히 서 있었다. '나인가?' 하는 느낌이 살짝 들기는 했지만, 그래도 다른 사람이라는 생각을 떨쳐버릴 수가 없었다. 내가 한쪽 손을 드니, 유리창에 비친 그 녀석도 손을 들었다. 이번에는 다른 쪽 손을 들어 보았더니 녀석도 똑같이 했다.

저번에 계단 난간에 서 있었던 벽돌공 생각이 떠올랐다. 온통 석회 가루로 범벅이 된 흰옷을 입은 덩치가 엄청나게 큰 사내였다. 바닥에는 미니막스 소화기가 놓여 있었다. 벽돌공은 나를 쳐다보며 손가락으로 담배를 말았다. 그리고 담배를 입에 물고 성냥 불을 켰다. 손바닥을 둥글게 오므리며 불을 가리고 고개 숙여 담배에 불을 붙였다. 그러는 동안에도 내게서 한순간도 시선을 떼지 않았다. 호텔 방에 들어가서도 우리 둘 사이에 문이 있긴 했었지만, 문 이쪽 편에서는 내가 저쪽 편에서는 벽돌공이, 살짝 열린 문틈에 시선을 고정하고 있었다. 그때 내가 방문 안쪽에서 손잡이에 손을 갖다 대는 순간, 나처럼 바깥에 있는 그 사람도 손잡이에 손을 대고 있는 게 느껴졌다. 그리고 이제 알았다. 석회 가루가 잔뜩 묻은 흰옷을 입은 덩치 크고 나이 든 벽돌공이 변장한 하느님이었다는 것을⋯⋯.

몇 대의 화물열차가 역을 통과해 지나갔다. 그다음에는 여객열차가 지나갔다. 그때마다 승무원들이 타고 있는 차량 문틈으로 불빛이 한 가닥 새어 나왔다. 그 모습이 수영장에서 봤던 소녀들 수영복 가랑이 사이로 삐져나온 가느다란 털 같았다. 화부들이 삽으로 석탄 화구 아래에 부채질해댔다. 화구의 불빛이 밤을 환하게 밝혔다. 이리저리 움직이는 화부들 모습이 그 불빛에 비쳐, 탄수차 벽에 그림자가 어른거렸다. 진입과 출발을 알리는 신호기가 빨강에서 초록으로 번갈아 바뀌고 있었다. 전철기 발광 신호판에 흰색 신호가 나타나 있었다. 세로로 긴 직사각형은 직선 선로를 나타내고, 가로로 긴 직사각형은 굽은 선로, 즉 선로가 곡선 선로로 전철된다는 표시였다. 그리고 그곳 리버풀 곡물 창고 옆에서 화물 측선이 끝난다. 그곳에는 밤새도록 파란색 등이 밝게 켜져 있었다. 발광 신호판

불빛이 바뀌는 것에 따라 원거리 신호기 위치도 바뀌었다. 역무실의 전신 기계도 요란스럽게 울려 댔다. 여기저기 전화 소리가 울렸고 가끔은 잘못 걸려 온 전화였다. 선로가 전철되며 철컹하는 소리가 폐색장치에서 울려 나왔다.

이렇게 소란스러운 역무실 한가운데에서 후비치카 씨가 걱정스러운 얼굴로 서성거리고 있었다. 그는 자정 넘어 들어올, 스물여덟 개의 화물차량에 탄약을 가득 실은 엄중히 감시받는 열차에 대해 골몰하고 있는 게 분명했다. 후비치카 씨는 운행 시간표를 보며 열차 노선을 추적하고 있었다. 그러다 귀를 기울이며 어둠이 짙게 내린 승강장을 내다보기도 하고, 대합실 안을 기웃거려 보기도 했다. 그 시각 나는 마샤를 생각하고 있었다. 지난번에 일어났던 일이 다음에 또 일어나면 어떻게 하나 걱정되었다. 나도 승강장으로 나갔다. 밤하늘을 쳐다보며 그곳에 마샤의 모습을 그려보았다. 하늘 가득히 마샤를 그렸다. 후비치카 씨가 즈데니치카를 전신기 책상에 눕히듯, 나도 하늘에 마샤를 눕혔다. 그리고 하나씩 하나씩 그녀의 옷을 벗겼다. 이제 마샤는 하늘에 발가벗은 채 누워 있었다. 그런데 그다음에는? 어떻게 해야 하지? 아니, 알고는 있었다. 그러나 지금까지 한 번도 경험은 해보지 못했다. 아직 나는 여자의 몸 안에 들어가 본 적이 없다. 엄마의 자궁 안에 있었던 때를 제외하면 말이다. 하지만, 그때 기억은 남아 있는 게 아무것도 없었다.

그때 역장 부인이 계단을 내려오는 소리가 들렸다. 한 손에는 촛불을 들고, 다른 한쪽 손은 거위 모이용 빵 부스러기가 담긴 냄비를 들고 지하실로 내려갔다. 그녀가 내려가자 겁을 먹은 거위가 꽥꽥거렸다. 나는 승강장에 서서, 네모난 창문을 통해 지하실 안을 들여다보았다. 역장 부인이 바닥에 내려놓은 냄비에서 빵 부스러기를 꺼내려고 허리를 굽힐 때마다 벽에 비친 그녀의 그림자도 함께 허리를 굽혔다. 그녀는 거위 주둥이를 벌리고 입속에 빵 부스러기를 쑤셔 넣었다. 그런 다음 잭나이프를 접어 닫듯이 거위의 부리를 재빠르게 꽉 닫았다. 그러고는 빵 부스러기가 모이주머니로 잘 들어가도록, 손가락으로 거위 목을 여러 차례 쓸어내렸다. 거위는 먹지 않으려고 버둥댔지만, 그녀는 또 빵 부스러기를 물에 적셔 계속 먹였다.

"저, 금방 돌아올게요. 잠시만 봐주세요."

나는 후비치카 씨에게 부탁했다.

"잠깐이면 됩니다."

나는 손으로 벽을 더듬어가며 나선형 계단을 조심스럽게 내려갔다. 지하실로 내려가 조용히 문을 열고 말했다.

"사모님, 놀라지 마세요. 저 밀로십니다."

"무슨 일이에요?"

역장 부인이 놀라며 물었다. 손에 모이를 들고 서 있는 그

녀 뒤로 촛불이 깜빡거렸다. 부인의 곱슬머리가 희끗희끗 빛
났다. 마음고생으로 찌든 얼굴이었다. 역장이 남작 놀이를 즐
기는 동안, 그녀는 신데렐라처럼 온갖 궂은일을 도맡아 하고
있었다.

"접니다, 밀로십니다. 사모님, 부탁드릴 일이 있어서 왔
습니다. 짧게 말씀드리겠습니다. 내일모레 제가 여자 친구를
만나러 가는데요. 차장 마샤, 누군지 아시죠? 틀림없이 그녀
는…… 저를…… 원할…… 겁니다. 무슨 뜻인지 아시죠?"

"모, 몰라요."

부인이 더듬거렸다. 그리고 다시 허리를 굽혀 빵 부스러
기에 물을 적신 다음 거위 주둥이를 벌렸다.

"아시잖아요? 제발 모르는 척하지 마세요. 저는 사모님한
테 조언을 좀 구하려고 왔습니다. 저, 그러니까, 저는 틀림없는
남잡니다. 하지만, 막상 그것을 입증하려고 들면 갑자기 남자
가 아니게 됩니다. 책을 찾아보니까 '에야쿨라티오 프레콕스'
라는 증상이라는데, 뭔지 아시죠?"

"몰라요."

역장 부인은 다시 빵 부스러기를 물에 적셨다.

"사모님께서는 잘 아실 거예요. 잠깐만요. 바로 지금, 이
순간에는……, 그래요, 잠깐만 그대로 있어 주세요, 제발…….
지금은 남자가 됐습니다. 한번 만져 보세요!"

엄중히 감시받는 열차   93

"하느님 맙소사!"

역장 부인이 놀라며, 기어들어 가는 목소리로 말했다.

"밀로시, 난 이미 갱년기에 접어들었어요……."

"그게 뭔데요?"

"갱년기……, 아주 끔찍한 거예요."

역장 부인이 몸을 부르르 떨었다. 어찌나 세게 떨었는지, 빵 부스러기가 담긴 냄비가 엎어졌다. 나는 무릎을 꿇고 앉아 쏟아진 모이를 줍기 시작했다. 역장 부인도 앉아서 주워 담기 시작했다. 그렇게 빵 부스러기를 주우면서 내가 손목을 그었던 이유를 설명했다. 노네만 아저씨네 사진관 스튜디오에서 제대로 힘 한번 써보지 못하고 시들어 버렸다는 얘기도 했다. 스튜디오에 '5분 완성'이란 팻말이 붙어 있었지만, 나는 시작도 하기 전에 끝내고 말았다는 말도 했다. 역장 부인은 아무 말 없이 거위 부리만 붙잡고 있었다. 나는 애원했다.

"제발 한 번만 만져봐 주세요. 부탁입니다, 사모님."

"좋아요, 밀로시, 그렇게 할게요."

그렇게 말하며 허리를 굽혔다. 그러자 벽에 비친 그녀 그림자도 함께 허리를 굽혔다. 그녀가 촛불을 불어 껐다.

"어떻습니까? 남자 같습니까?"

"틀림없네요, 밀로시! 아주 좋아요."

"다행이에요……. 그런데, 사모님! 그다음은 어떻게 하죠? 자세히 좀 가르쳐 주세요. 제발 부탁합니다. 제 물건을 나이가 좀 지긋한 부인이 문질러 주면 나아질 거라고, 신경정신과 클리닉의 브라베츠 박사님이 말해 줬어요.

"아이고, 밀로시! 나는 이미 갱년기에 접어들었어요. 더는 그 짓을 하고 싶지 않아요. 하지만 당신을 이해는 합니다. 내가 조금만 더 젊었다면 도와줄 수 있을 텐데⋯⋯. 어휴, 맙소사! 도대체 우리 역이 어찌 되려고 이러는 건지? 후비치카 씨는 도장으로 그런 짓을 하지 않나, 이제 당신은 그것을 문질러 달라고 하지를 않나, 나 원 참⋯⋯. 하지만, 어쨌든 내일모레에는 모든 게 다 잘될 거예요. 안심하세요. 당신은 훌륭한 남자예요. 그것도 아주 건강한 남자예요⋯⋯."

지하실 창문을 통해 승강장에 나와 있는 후비치카 씨 모습이 보였다. 그는 다리를 벌리고 서서 하늘을 올려다보고 있었다. 나는 잘 알고 있었다. 지금 그가 올려다보고 있는 하늘에는 즈데니치카가 없었다. 하늘 가득히 펼쳐진 것은 치마를 걷어 올린 그녀의 엉덩이가 아니었다. 그건 스물여덟 개의 차량을 끌고 조용히 들어오고 있는 화물열차였다. 거대한 연기구름을 일으키며 공중으로 사라져 버릴 열차였다. 연기구름은 한여름 폭풍우가 금세라도 몰아칠 것 같은 날 하늘의 구름처럼 점점 더 많아질 것이다. 그리고 더 높이 솟구칠 것이다.

"화나셨나요? 사모님?"

내가 역장 부인에게 물었다.

"아니에요, 밀로시! 화나지 않았어요. 사람 사는 게 다 그렇죠."

그녀는 벽을 더듬으며 한 계단씩 느릿느릿 계단을 밟고 2층으로 올라갔다. 그러고는 역장이 하는 것처럼, 부엌과 거실을 이리저리 돌아다녔다. 역장은 분을 삭이지 못할 때, 그리고 보는 앞에서 우리를 꾸짖을 수 없을 때, 환기통에 대고 소리를 질렀다. 그렇게 분을 삭이고 나면 마음이 가라앉아 말끔해진 모습이었다. 또 환기통에 소리를 지를 수 없을 때는 자기 아내한테 험악한 말을 해 대며 고함을 질렀다. 그렇게 마음속에 들어 있던 기분 나쁜 것은 무엇이든 아내에게 쏟아 냈다. 그리고 얼마 지나지 않아서 자기가 한 말을 모두 잊었다. 그러니 역장은 나처럼 동맥을 그을 필요가 없는 사람이었다. 또 전신 기사 아가씨의 치마를 걷어 올리고 엉덩이 여기저기에 도장을 찍을 필요도 없는 사람이었다. 역장이 미쳐버리는 일은 절대 없을 것이다. 그에게는 정신 건강을 위한 완벽하게 효과적인 방법이 있었다. 모든 것을 환기통에 대고 뱉어 버리거나, 더 남아 있는 것은 부인한테 소리를 질러 대면 되었다. 그럴 때 역장 부인은 언제 젖은 걸레를 남편 입에 던져 넣어야 할지, 혹은 언제 좀 더 지독하고 거친 보복으로 그의 입을 다물게 할지 알고 있었다. 그렇게 역장은 분기별로 한 번씩 부인에게 뺨따귀를 얻어맞고 나면 정신을 차렸다.

후비치카 씨는 밤이 깊어 자정이 가까워질수록 점점 더 불안해했다. 마른침을 삼켰다 내뱉었다 하며 서성대다가 갑자기 발을 멈추기도 했고, 주위에 귀를 기울여 보기도 했다. 문이 열리며 누군가 손을 내밀어 편지나 소포 꾸러미 같은 것을 건네주길 기다리는 사람처럼 보였다. 역장실 시계가 자정을 알렸다. 그 소리를 들으며 내가 말했다.

"시계 종소리가 정말 아름다워요."

그때 바람에 열리듯이 문이 열리며 젊은 여자 한 명이 안으로 들어왔다. 순모 로덴 코트를, 단추를 잠그지 않고 입었고, 그 안에 떡갈나무 잎과 열매를 수 놓은 알프스 티롤풍 블라우스를 받쳐 입었다. 거기에 회색 치마를 입고 흰색 울 스타킹에 앞이 뾰족한 짧은 부츠를 신었다. 우리 역장과 같은 차림이었다. 손에는 둘둘 동여맨 작은 꾸러미가 들려 있었다. 그녀가 독일어로 물었다.

"실례합니다. 케르스코까지 가야 하는데요."

"케르스코까지요? 아침까지 기다리셔야 합니다. 그곳은 강 건너에 있습니다."

"하지만 케르스코에 가야 해요."

그녀는 같은 말을 반복했다.

"먼 곳인데, 누구를 찾아가시나요?" 내가 물었다.

"친구가 있어요." 그녀는 웃으면서 손가락으로 나를 가리키며 독일어로 물었다.

"당신이 배차계장?"

"아닙니다. 여기 이분이……." 나는 후비치카 씨를 가리켰다.

"당신이 후비치카 씹니까?" 그녀가 물었다.

"그렇습니다."

"그러면 여기 이분은?" 그녀가 나를 가리키며 물었다.

"제 친구입니다." 후비치카 씨가 대답했다.

"밀로시 흐르마입니다." 나 자신을 소개했다.

"빅토리아 프라이에입니다." 그녀가 고개를 까딱 숙여 인사하며 손을 내밀었다.

"빅토리아 프라이에?" 후비치카 씨가 놀라며 되물었다.

그 순간 이 단어가 후비치카 씨가 그토록 안절부절못하며 기다리던 것을 건네줄 이름이라는 것을 알았다. 빅토리아 프라이에는 후비치카 씨가 기다리던 편지와 물건을 들고 찾아온 사람이었다. 그런데 후비치카 씨 얼굴이 기쁜 표정이 아니었다. 오히려 점점 더 창백해졌다. 이 여자의 출현으로 정신적 균형이 완전히 무너진 것 같았다. 나는 후비치카 씨가 여자를 보고도 아무런 욕망도 느끼고 있지 않다는 것을 알 수 있었다. 엉덩이나 가슴이 아름다운 여자를 보면 항상 그 여자의 벗은 몸을 상상하곤 했던 그가, 이렇게 아름다운 여자를 본체만체하고 있었다. 내가 보기에 이 여자는 후비치카 씨 용어로 '엉덩짝'과 '빵빵이' 모두에 해당되는 여자였다. 나는 승강장으로 나가, 녹색 손전등을 흔들어 막 역으로 진입하는 화물열차에 통과 신호를 보냈다. 그리고 다시 역무실로 돌아와 열차가 우리역을 통과한 시간을 다음 역에 보고했다. 그런데, 여자가 들고 왔던 작은 꾸러미가 보이지 않았다. 하품하며 기지개를 켜는 여자와 눈이 마주쳤다. 순간, 어쩐지 믿을 만한 사람이라는 느낌이 들었다. 그래서 그녀가 한 시간만 눈 좀 붙이고 싶다고 말했을 때 선뜻 역장실 문을 열어 주었다. 후비치카 씨가 도브로비체에서 카우치 방수포를 찢은 날 밤에 했던 것처럼. 여자가 역장실로 들어갔다. 나는 그녀의 외투를 들고 따라 들어가, 그것을 카우치 위에 놓았다. 갓 달린 초록색 전등이 사무실을 은은하게 비추고 있었다. 비둘기장에서 잠을 이루지 못하는 비둘기 울음소리가 들려왔다. 역장이 외출하려고 했을 때보다 더 심했다. 마치 담비나 족제비가 비둘기장에 침입하기라도 한 듯, 큰 소리로 구구대며 소란스럽게 날갯짓을 해댔다.

"제 이름은 밀로시 흐르마입니다."

나는 더듬거리며 자신을 소개했다.

"한번 스스로 손목 동맥을 끊은 적이 있습니다. '에야쿨라티오 프레콕스'라는 증상이 있다는 말을 들었거든요. 하지만 그건 사실이 아닙니다. 물론, 제가 여자 친구랑 함께했을 때 제 거가 백합처럼 시들어 버리긴 했습니다. 근데, 지금 당신과 함께 있으니 진짜 남자가 됐습니다."

"그 얘긴, 지금까지 여자 경험이 한 번도 없었다고요?"

빅토리아가 놀라며 물었다.

"네. 없었습니다. 시도는 해봤지만요. 그래서 부탁드립니다. 저 좀 가르쳐 주시겠습니까?"

"정말로 여자와 자본 적이 없다고요?"

그녀는 믿기지 않는 표정을 지었다.

"한 번도 없어요. 카를린에 있는 노네만 아저씨네 집에 묵었을 때 마샤가 내 잠자리로 파고들어 왔어요. 함께 자보려고 했는데 제대로 관계를 갖지 못했어요. 아까 말한 대로 그게 백합처럼 시들어 버렸거든요."

"그럼, 정말 한 번도 경험해 보지 못한 거로군요."

그녀가 나를 보고 웃으며 말했다. 그녀의 볼에 마샤와 똑같은 보조개가 피었다. 기대하지 않았던 행운을 발견한 사람처럼, 혹은 뭔가 귀중한 걸 발견한 사람처럼, 그녀의 눈빛이 점점 부드러워졌다. 피아노를 치듯 손가락으로 내 머리카락을 어루만지기 시작했다. 그녀는 잠시 문이 닫혀 있는 것을 확인한 후, 책상 위로 몸을 기울여 등잔 심지를 내리며 훅! 하고 등불을 불어 껐다. 그런 다음 내 몸을 어루만졌다. 역장의 카우치

쪽으로 나를 이끌며 그 위에 누워 나를 끌어당겼다. 그러곤 어렸을 때 엄마처럼, 그렇게 부드럽게 하나하나 내 옷을 벗겼다. 그리고 자신도 옷을 벗었다. 치마를 벗을 때는 내가 거들도록 했다. 그녀는 다리를 들어 벌린 다음, 티롤 부츠를 신은 발을 역장 카우치에다 내려놓았다. 세일러복을 입은 나와 마샤의 사진이 착 붙어 있듯이 어느 순간 나와 빅토리아가 서로 착 달라붙어 있었다.

갑자기 환한 불빛이 쏟아졌다. 불빛은 점점 더 환해졌고 내 몸은 점점 높이 올라갔다. 온 땅이 흔들리고 천둥이 치고 번개가 번쩍였다. 그런데, 그게 나나 빅토리아의 몸에서 비롯된 게 아닌 것 같았다. 건물이 통째로 흔들리고 창문이 덜컹거렸다. 역무실에서 전화가 울렸다. 내가 영광스럽게 새 인생에 성공적으로 진입한 걸 축하해 주려는 것 같았다. 전신기도 저 혼자 모스 부호를 날리기 시작했다. 폭풍이 몰아치는 날 역무실에서 흔히 일어나는 일들이었다. 역장의 비둘기들도 합창하듯 한목소리로 일제히 울어 댔다. 그때 지축을 뒤흔드는 폭음과 함께 멀리 지평선 위로 요란한 색깔의 화염이 활활 타올랐다. 역사가 다시 한번 크게 흔들리며 바닥까지 요동쳤다.

그때 빅토리아의 몸이 활처럼 휘면서 솟아올랐다. 그녀의 구두 밑창 징이 카우치의 방수포를 뚫는 소리가 들렸다. 조금씩, 조금씩 방수포 찢어지는 소리가 계속 들렸다. 그 순간 한

줄기 짜릿한 경련이 손톱, 발톱 끝에서부터 몸 안으로 밀려와 머릿속으로 환호하듯 몰려들었다. 갑자기 주위가 온통 하얘졌다가, 캄캄해졌다가, 다시 살짝 어두워졌다. 마치 뜨거운 물로 샤워하는데 갑자기 차가운 물이 쏟아질 때처럼, 누군가 쇠못으로 내 등을 쿡 찌르는 것처럼, 등줄기를 타고 흐르는 상쾌한 통증이 느껴졌다.

나는 눈을 떴다. 빅토리아는 여전히 내 머리카락을 만지작거리며 숨을 몰아쉬고 있었다. 블라인드 틈으로 저 멀리 붉고 노란 불길이 지평선 위로 치솟는 것이 보였다. 간헐적으로 내리치는 번갯불에서 옮겨붙은 불길 같았다. 역장의 비둘기들이 시끄럽게 울어 대며 비둘기장을 마구 날아다녔다. 벽과 천장에 날개를 부딪혀 땅에 떨어지기도 했지만, 겁에 질린 비둘기들은 계속해서 격하게 날개를 파닥거렸다. 빅토리아 프라이에가 일어나 앉아 가만히 밖에 귀를 기울였다. 머리를 매만지면서 그녀가 말했다.

"어딘가 지독한 공습을 받았나 봐요."

나는 창문을 열고 블라인드 줄을 당겼다. 도르르, 블라인드 말려 올라가는 소리가 울렸다. 지평선이 붉게 물들었다. 저 멀리 언덕 너머에선 계속해서 불길이 치솟았다. 그곳 참사가 일어나고 있는 한가운데 쪽으로는 지평선이 보이지 않았다.

"아마 드레스덴일 거예요."

그녀는 일어나 머리를 빗었다. 머리카락을 따라 빗이 움직일 때마다 묘한 소리가 났다. 그녀의 탄력적이고 유연한 몸이 생각났다. 그 순간 공중그네를 타는 모습이 떠올랐다.

"뭐 하는 분이세요?"

"곡예사예요." 그녀는 숱이 많은 머리를 빗질하느라 고개를 이리저리 움직였다. "전쟁이 일어나기 전에 '무지갯빛 공중곡예'라는 공연을 했어요."

나는 카우치에 앉았다. 손끝으로 가만히 방수포를 만져보았다. 카우치는 거의 반으로 찢어졌고, 속으로 채워져 있던 해초가 불룩 튀어나와 있었다. 밖에 화물열차 한 대가 연통으로 불똥을 날리며 우리 역을 통과하고 있었다. 창가에 서 있던 빅토리아가 머리에 날아와 앉은 불티를 털어냈다. 그때 벌겋게 타오르고 있는 지평선을 등지고 들판 길을 따라 말을 타고 오는 두 사람이 보였다. 나는 얼른 일어섰다. 내 생애 처음으로 맛본 평화로운 기분이었다.

"고마웠어요." 내가 말했다.

"저도요!"

빅토리아가 외투를 들고 역무실로 들어가 시계를 보았다. 잠시 숨을 내쉬었다. 그리고 한쪽 손을 블라우스 안으로 집어넣어 브래지어를 바로 한 다음 승강장으로 나갔다. 그곳에는 후비치카 씨가 다리를 벌린 채 하늘을 올려다보고 서 있었다.

두 사람은 잠시 이야기를 나누었다. 그녀가 다시 내게로 와서 독일어로 말했다.

"이제는 정말 케르스코에 가야 해요."

그녀가 활짝 웃어 보이고는, 역장의 작은 정원을 지나 유럽 피나무 사이로 난 오솔길을 성큼성큼 걸어가다가 집들 사이로 사라졌다.

역장은 역에 도착하자 백마에서 가볍게 뛰어내려 잡고 있던 고삐를 백작 시종에게 넘겨주었다. 시종은 말에 박차를 가하며 온 길을 되돌아갔다. 역장은 먼저 비둘기장으로 갔다.

"내 귀염둥이들! 그런데 왜들 그렇게 겁먹었어? 누가 너희한테 해코지라도 했냐? 내 사랑스러운 새끼들! 아빠가 돌아왔다."

그런 다음 역장은 흥겹게 역무실로 걸어 들어와, 의자 하나를 돌려 걸터앉으며 말했다.

"백작께서 자네한테 안부 전해 달라고 하시더군, 후비치카! 베트만 홀베크 남작이 즈데니치카의 사진들을 가져오셨어. 거기 모인 신사분들 모두 자네가 보고 싶다고 야단들이었네. 백작께서는 친히 '부럽다'는 말을 자네한테 꼭 전해 달라고 하셨어. 자기는 그런 걸 상상조차 못 해 봤다고! 다음 주에 자네를 성으로 초대한다고 하셨네. 모두 어찌나 궁금해하던지, 내가 사건의 자초지종을 이야기하지 않을 수 없었네."

역장이 일어섰다. 전신기가 작동했기 때문이었다. 전신기는 독일어로 타전하고 있었다.

"정거장 폐쇄. 드레스덴, 피르나, 바우첸……."

역장이 승강장으로 뛰쳐나갔다. 우레 같은 폭음이 계속 울려 퍼지는 벌겋게 물든 지평선을 향해 역장이 소리쳤다.

"이놈들아! 온 세상과 전쟁을 시작하지 말았어야지!"

후비치카 씨가 전신기 책상에 석유등을 밝혔다. 그리고 책상 한구석에 전신 일지를 펴고 보여 줄 기록이 있다며 가까이 오라고 손짓했다. 그러나 후비치카 씨가 진짜로 보여주고 싶은 게 전신 일지의 기록이 아니라는 걸 금방 눈치챘다. 그는 많이 긴장한 듯 초췌해 보였다. 연필로 일지 내용을 가리킬 때는 연필 끝이 심전도 측정기 바늘처럼 가늘게 떨리며 왔다 갔다 했다.

후비치카 씨가 조심스럽게 책상 서랍을 열었다. 나는 일지를 보는 척하며 곁눈질로 서랍 안을 들여다보았다. 책상의 원뿔 등불만이 역무실을 비추고 있었다. 서랍 바닥에 권총 한 자루가 어슴푸레 보였고, 그 옆에는 배터리 손전등같이 생긴 물건이 하나 있었다. 모양은 손전등처럼 생겼는데, 유리 대신에 시계 같은 게 붙어 있었고 가늘게 째깍대는 소리가 났다.

"밀로시!"

후비치카 씨가 연필로 일지의 내용을 가리켰다. 그리고 밑줄을 그어가며 나직이 말했다.

"밀로시! 가장 좋은 방법은, 승강장에서 기다리고 있다가 열차의 중간 차량에 던져 넣는 거야. 일단 정지신호를 보내 놓고 통과 신호는 거의 마지막 순간에 보내는 거야. 그러면 열차는 속도를 줄여 서행할 수밖에 없을 거란 말이야. 바로 그때 던져 넣는 거야."

"맞습니다." 하고 말하는데, 꼭 창문이나 블라인드 틈새 등 어디에선가 우리를 살피는 눈이 있을 것만 같았다. 그래서 나도 연필을 쥐고 전신 일지에 밑줄을 그어가며 나지막이 속삭였다.

"지난번에 신호기 가로대 내려갔을 때 일 기억나세요? 그때 특급 우편열차가 어떻게 통과했는지 아시죠? 이번에도 그렇게 해볼게요. 신호기 기둥을 타고 올라가서, 이렇게 밖으로 머리를 내밀며 가운데 차량 칸에 이걸 툭 떨어뜨릴 겁니다. 그리고 다시 기어 내려와 무슨 일이 일어나는지 지켜볼 겁니다……. 그나저나, 우리의 엄중히 감시받는 수송 열차는 지금 어디 있습니까?"

"이제 포데브라디를 통과했어. 30분 후면 여기 도착이야!" 후비치카 씨가 나직이 말하며 배를 내밀어 서랍을 닫았다. 그리고 전신 일지에 아무 의미도 없는 서명을 하며 물었다.

"두렵지 않나?"

"천만에요. 이렇게 편안했던 적이 없었어요, 아하하!" 저이제 남잡니다. 후비치카 씨 같은 그런 남자가 됐어요. 너무 멋진 일이라 가슴이 벅찹니다. 이제 모든 짐을 벗어버린 느낌입니다. 이렇게요……." 나는 책상에서 긴 가위를 집어 들고 날이 서로 부딪치며 소리가 나게 접었다. "이렇게 제 과거를 싹둑 잘라 버렸습니다."

나는 말하며 웃었다. 그리고 전화를 받았다.

"특급 우편열차랍니다." 후비치카 씨에게 말한 뒤 신호소에 보고했다. "특급 우편열차 진입, 신호 변경, 신호 번호 5361!"

나는 선로 폐색장치에서 열쇠를 뺀 다음 어두운 밖으로 나갔다. 지평선은 막 해가 저문 하늘처럼 아직도 붉게 물들어 있었다. 나는 구내 신호기와 원거리 신호기 레버를 가볍게 위로 밀어 올렸다. 언제 이렇게 머릿속이 맑았던 적이 있었을까? 어린 시절, 나쁜 꿈을 꾸었을 때 엄마가 쓰다듬고 달래 주던 그때처럼 아주 마음이 평온했다.

후비치카 씨는 바닥을 내려다보며 역무실을 서성거리고 있었다. 심지어 하늘을 쳐다보러 밖에 나가지도 않았다. '일이 어떻게 될까? 성공할 수 있을까? 그렇다고 해도, 그럼, 그다음은?' 후비치카 씨가 느끼는 책임감이 어떤 것인지 나도 잘 알고 있었다. 하지만 지금 나는 그것을 생각하고 있지 않았다. 그것을 생각할 필요가 없다는 말이 아니다. 난 모든 걸 마지막까지 하나하나 다 짚어 보았다. 다만 지금은 모든 걸 다 걱정할 여유가 없을 뿐이었다. 내가 온 신경을 집중해서 생각해야 할 것은 단 한 가지였다. 신호기 위에 있다가, 열차가 몽땅 다 공중으로 사라져 버리도록 저걸 정확하게 차량에 떨어뜨려야 한다는 것뿐이었다. 그것밖에 더는 바라는 게 없었다. 이제 하늘에서 보고 싶은 것도 다른 그 무엇도 아니었다. 그저 열차와 선로, 그리고 선로 받침목 파편을 삼킨 거대한 구름이 하늘 위로 치솟는 걸 보고 싶었다.

사실 이미 오래전에 이런 생각을 했어야만 했다. 왜 그러지 못했을까, 하는 생각이 들었다. 내게는 그럴 만한 근거가 있지 않은가? 나에게는 독일군에게 살해당한 할아버지가 있지 않았던가? 혼자 독일군에 맞서 그 앞으로 걸어갔던 우리 할아버지, 두 팔을 펼쳐 들고 독일군들에게 탱크를 돌려 왔던 곳으로 다시 돌아가라고 최면을 걸며, 혼자서 꿋꿋하게 독일 부대 전체에 대항했던 우리 할아버지가 있었는데! 비록 할아버지의 머리는 탱크의 무한궤도에 짓이겨지며 끼여 버렸지만, 할아버지의 정신은 계속 압박을 가했다. 꼬리에 꼬리를 물고 밀려오는 모든 독일군 부대, 탱크, 병사에게 고향으로 돌아가라고, 처음에는 공격하러 몰려나왔고 지금은 러시아군에 의해 밀려가고 있는 그곳, 바로 독일로 돌아가라고! 그런데, 나는 할아버지를 잊고 살았다. 만약 할아버지를 좀 더 일찍 생각했었다면 내가 과감하게 다른 여러 가지 일들을 해볼 수 있지 않았을까?

이제 20분 후면 열차가 도착할 것이다. 탄약을 가득 실은 열차 말이다. 그러면 나는 엄청난 일을 하게 될 것이다. 나는 더 이상 시든 백합이 아니다. 내 안에 이런 힘이 있을 거라고는 꿈에도 생각 못 했었다. 저렇게 후비치카 씨가 시간이 지날수록 점점 더 불안해하고 긴장하리라고도 예상하지 못했었다. 그는 역무실을 서성거리고 있지 않았다. 그 대신 선로 폐색장치 옆에 두 다리를 벌리고 서서 우리의 엄중히 감시받는 열차의 진행을 보고하는 전화가 울리기만 기다리고 있었다.

나는 역무실로 들어가 책상 앞으로 갔다. 서랍을 열고 폭탄을 외투 주머니에 집어넣으려는데, 후비치카 씨가 다가와 자기 몸으로 가려 주었다. 얼른 자동권총을 꺼내 다른 쪽 주머니에 넣고, 손가락으로 전신 일지를 위에서 아래로 훑으며 맨 아래에 서명한 다음, 연필을 서랍 안에 던져 넣었다. 그때 후비치카 씨가 칠판 앞으로 갔다. 어제부터 칠판에는, 무너져 가는 전선을 막기 위해 그곳으로 달려가기로 되어 있는, 스무 대의 엄중히 감시받는 병력 수송 열차 명단이 분필로 적혀 있었다. 그는 손가락으로 명단을 가리키며 속삭였다.

"밀로시! 시한장치는 자네를 위해 마지막 순간에 맞춰주겠네."

"네…….지금 열차가 한 대 들어옵니다."

나는 서둘러 승강장으로 뛰어나갔다. 특급 우편열차 한 대가 증기를 내뿜으며 역으로 들어오고 있었다. 서서히 멈춰서는 열차에서 열차장이 뛰어내리며 말했다.

"끔찍해. 드레스덴 전체가 쑥대밭이야."

열차장을 따라 사람들이 한 명 한 명 열차에서 뛰어 내렸다. 줄무늬 바지를 입고 있어서 마치 집단 수용소에서 도망쳐 나온 사람들 같았다. 그러나 사무실에 들어왔을 때 보니 줄무늬 파자마에 겨우 외투 하나 걸친 모습이었다. 그렇게 목숨만 건져 빠져나온 사람들이 바닥만 내려다보며 눈 한 번 깜빡거리지 않았다. 열차장이 의자에 주저앉아 이마를 쓸어내렸다.

"드레스덴이 온통 불바다가 됐소. 여기 이 사람들은 내 열차에 올라탈 수밖에 없었다오."

열차장이 지친 말이 몸을 일으키듯 힘겹게 일어서며 말했다. 그는 잠시 두 주먹을 전신기 책상에 대고 있다가 팔짱을 꼈다. 그리고 고개를 떨구고 가만히 서 있었다. 그 모습이 마치 잠들어버린 사람처럼 보였다. 다른 독일인들도 그렇게 서서 땅바닥만 쳐다보고 서 있었다. 자신들이 겪었던 마지막 순간을 보고 있는 걸까? 창문을 통해 마당과 길바닥으로 뛰어내려야 했던 순간을, 나무와 담과 기둥이 쓰러져 모든 게 가로막혀 버렸던 순간을 보고 있는 것일까? 여기 온 독일인들은 모두 팔이 길어 보였다. 지금은 그 긴 팔이 거의 무릎까지 축 처져 있었다. 엄청난 공포 때문에 눈꺼풀이 잘려 나간 사람들처럼, 그 누구 하나 눈 한 번 깜빡이지 않았다. 그래도, 나는 이들이 불쌍하지 않았다. 도살당한 새끼 염소나 고통을 겪는 모든 것을 보며 슬퍼했던 난데, 지금 여기 있는 독일인들에게는 어떤 연민도 느껴지지 않았다.

손목을 그어 병원에 입원해 있는 동안 거기서 근무하는 먼 친척 숙모를 자주 찾아갔었다. 벌써 50년이나 간호사로 일하는 베아트리체 숙모는 죽음이 임박한 화상 환자 병동에 있었다. 요즘은 환자 대부분이 군인들이었다. 전선에서 기름으로 범벅이 되어 후송되어 오는 군인들 모습이 거의 양서류의 한 종처럼 보였다.

베아트리체 숙모는 환자들에게 야채수프를 끓여주기도 하고, 고통이 아주 심한 환자에게는 모르핀을 주사해 주기도 했다. 나는 숙모를 만나러 자주 그 병동을 찾아갔다. 베아트리체 숙모는 모든 사람을 진정시키는 탁월한 능력이 있었다. 덩치도 크고 힘도 센 듬직한 숙모가 한번 쳐다봐 주면 누구나 마음이 평온해졌다. 그 병동에서 오래 근무할 수 있었던 이유도 그 때문이지 않을까 싶었다. 독일 군인들 때문에 내가 눈물 흘릴 때가 있었다. 병사들의 애인이나 아내가 병문안을 오면, 기름 치료를 받고 나온 병사들이 마지막 유언을 했다. 자기들이 가고 나면 누구와 재혼하고, 아이들과는 어떻게 지내고, 재산은 어떻게 관리해야 하는지, 얘기를 하는 모습을 보면서 나는 눈물을 흘렸다. 내가 그만 가려고 일어서려고 하면 베아트리체 숙모는 나를 다시 의자에 눌러 앉혔다. 그리고 당근, 셀러리, 파슬리를 썰면서 나지막이 노래를 불렀다. 노래는 매번 멜로디와 가사가 달랐다. 「프라하 다리 위에 핀 은방울꽃이 바람에 휘날리네!」 멜로디에 '슐테 병사가 내일 죽을 것 같아.'라고 가사를 붙여 노래를 부르며 당근과 셀러리와 파슬리를 썰었다…… 숙모는 내일 슐테 병사에게 모르핀을 좀 더 투약해 며칠이라도 고통을 줄여줘야 한다는 걸 알고 있었다. 슐테 병사는 이미 자신의 죽음을 받아들이고 있었다. 다음 날이면 숙모는 다시 「애인이 준 작은 금반지」라는 멜로디에 '디티에 중위는 내일 죽을 것 같아.'라는 가사를 붙여 노래했다. 그렇게 노래하며 채소를 썰었다.

젊은 병사들이 기름 욕조에 들어가 있었다. 그냥 목욕하고 있는 모습 같았다. 나는 저들이 다음 날 죽기를 바라지 않았다. 저들이 지난번 함께 얘기 나눴던 아내나 애인에게 돌아갈 수 있기를 바랐다. 그러나 베아트리체 숙모님이 일하는 병동으로 보내졌다는 건 이미 모든 게 끝났다는 말이다.

하지만 나는 지금 드레스덴에서 피난 온, 저 독일인들한테는 어떤 연민도 느껴지지 않았다. 지금 이들을 불쌍히 여길 사람은 자기 자신밖에 없을 것이다. 이들 자신도 그 사실을 잘 알고 있었다. 열차장이 자리에서 일어나더니 독일인들을 향해 독일어로 한마디 했다.

"집구석에 궁둥이 붙이고 얌전히들 앉아 있었어야지!"

그러고는 승강장으로 나가 손을 들어 보였다. 열차가 움직이기 시작하자 열차장이 올라탔다. 그때 후비치카 씨가 나직이 내게 속삭였다.

"저 독일 놈들 하느님께서 보내신 게 틀림없어. 우리의 목격자가 될 테니까! 만약에 뭔 일이……."

후비치카 씨가 말하다가 침을 뱉었다. 잠시 후 한 선로 초소에서 다른 선로 초소로 보내는 신호 소리가 선로를 타고 들려왔다. 작은 망치로 갈라진 종을 때리는 듯한 소리였다. 우리의 열차라는 걸 단박에 알아챘다. 역무실로 들어갔더니 후비치카 씨가 전화 수화기를 들고 있었다. 얼굴이 창백해진 걸 보니, 맞았다, 우리의 엄중히 감시받는 열차였다.

나는 신호기 열쇠를 돌려서 뺐다. 드레스덴에서 피난 온 독일인들은 꼼짝하지 않고 난로 곁에 서 있었다. 그 모습이 마을 광장에 세워진 페스트 기념탑 같았다. 그때 한 사람이 울음을 터뜨렸다. 이상한 소리가 새어 나왔다. 공습에 놀란 역장의 비둘기 울음소리랑 비슷했다. 그러다 인간의 울음소리로 변했다. 이제야 몸의 긴장이 풀린 듯했다. 몇 명이 훌쩍거리기 시작하더니 곧 모두 다 울음을 터뜨렸다. 우는 소리와 모습은 제각각이었지만, 본질적으로 자기들한테 벌어진 일을 한탄하는 인간의 울음이라는 점은 똑같았다. 갑자기 머리를 벽에 대고 식히고 있던 한 독일인이 코피를 흘리며 바닥에 쓰러졌다. 붉은 핏자국이 벽 아래로 길게 남았다.

후비치카 씨가 나를 쳐다보았다. 모자를 깊숙이 눌러쓴 탓에 턱을 쳐들고 보았다.

나는 얼른 승강장의 알코브로 뛰어나갔다. 원거리 신호기와 진입 신호기를 모두 통과 위치에 놓았으나, 출발 신호기는 정지 상태에 그대로 놔두었다. 후비치카 씨가 나를 따라왔다. 내가 외투 주머니에서 장치를 꺼내자, 후비치카 씨가 손전등을 비추고 카메라 초점 맞추듯이 작고 둥근 계기판을 이리저리 조정했다.

비둘기들이 잠들지 못하고 계속 울어 댔다. 날개가 벽에 부딪히는 소리가 들렸다.

그때 후비치카 씨가 악수를 청했다. 손이 차갑고 축축했다. 그가 내민 게 손이 아니라 물고기 같았다. 나는 선로를 따라 걸어갔다. 길고 긴 구름이 달을 스쳐 지나갔다. 싸락눈이 내리기 시작했다. 돌아보니, 멀리서 차광유리를 댄 기관차 불빛이 보였다. 달이 미끄러지듯이 눈구름을 헤치고 나오자 차가운 밤에 눈 덮인 들판이 빛났다. 얼어붙은 눈의 입자 하나하나에 무지갯빛 시계 초침이 달린 듯, 사방에서 째깍거리는 소리가 다시 들렸다. 나는 사다리를 타고 신호기 기둥을 기어올랐다. 다시 구름이 달을 가렸고, 하루살이가 날듯 가볍게 눈이 내리고 있었다. 나는 신호등을 타고 앉았다. 기관차가 역으로 들어오며 요란스럽게 기적을 울렸다. 진입 신호가 아니었기 때문이다. 그때 신호기 가로대가 올라가는 게 느껴졌다. 내 손도 같이 올라갔다. 신호등이 빨강에서 초록으로 바뀌었다. 진입 위치에 가 있는 신호기 가로대는 나를 숨겨주기에 충분했다. 나보다 컸다.

기관차가 기적을 울렸다. 통과하라는 신호로 녹색 손전등을 흔들고 있는 후비치카 씨 모습이 보였다. 나는 눈을 맞으며 신호등에 앉아 있었다. 눈덩이가 나를 쪼아대는 것 같았다. 눈발이 점점 더 굵어졌다. 나는 손에 그 물건을 들고 꼼짝도 하지 않았다. 째깍거리는 소리가 온몸에 느껴졌다. 이윽고 기관차가 내 밑을 지나갔다. 내려다보니 기관차 위로 천이 덮여 있었다. 화부가 작업할 때 급강하 폭격기에 발각되지 않도록 하기 위한 조치였다. 낮고 지붕 없는 차량이 차례로 지나갔는데, 짚을 켜켜이 채워 넣은 상자에 화약이 들어 있었다. 셋, 넷, 다섯, 이렇게 차량이 지나갈 때마다 나는 숫자를 세었다. 눈발이 점점 굵어지면서 눈구름이 달을 감추기는 했지만, 그래도 달은 흐르는 얕은 개울 바닥에 빠진 굴렁쇠처럼 언뜻언뜻 보였다. 일곱, 여덟, 아홉……. 눈이 엄청나게 쏟아지기 시작했다. 기관차도, 열차 맨 끝 차량도 보이지 않았다. 열하나, 열둘, 열셋, 다음 순간, 손에 들고 있던 장치를 슬며시 아래로 떨어뜨렸다. 개울에 꽃 한 송이 던지듯이. 차량 숫자를 정확히 세고 있다가 목표 차량이 바로 내 밑을 지나갈 때 던져 넣었다. 차량 한가운데에 정확히 떨어졌다. 조그만 저것이 다른 물건들과 함께 그곳에 가만히 있다가 곧 엄중히 감시받는 열차를 송두리째 날려 버릴 것이다.

나는 이 열네 번째 차량이 달려가는 모습을 쳐다보면서 그 최후의 순간까지 지켜보리라고 생각했다. 하지만, 굵은 선처럼 마구 쏟아져 내리는 눈 때문에 차량이 잘 보이지 않았다. 그래서 위로 자리를 옮겨, 4분 동안 지켜보기로 작정했다. 자신이 쏜 동물이 쓰러지는 순간까지 움직이지 않고 기다리는 사냥꾼의 심정으로 말이다. 마지막 차량이 다가오는 게 보였다. 그 끝에 있는 작은 초소에서 갑자기 한 줄기 불빛이 길게 뻗어 나오더니 나를 향했다. 나는 얼른 권총을 뽑아 들었다. 그리고 바로 밑에서 라이플총의 총신이 번뜩이는 순간 방아쇠를 당겼다. 동시에 경비 초소에서도 총알이 날아왔다. 손전등이 바닥에 떨어져 자갈 바닥을 비추었다. 열차의 경비 초소에서 누군가 땅바닥에 떨어져 굴러가다가 도랑에 처박혔다. 나도 어깨에 극심한 통증이 느껴졌다. 손에서 권총이 미끄러졌다. 몸이 거꾸로 뒤집히며 아래로 떨어지는 순간, 신호기 고리에 외투가 걸렸다. 그러자 신호기가 덜컥하고 움직이며 녹색에서 빨간색으로 바뀌었고, 신호기 가로대는 수평 위치로 떨어졌다. 나는 거꾸로 매달려 있었다. 그런데 외투 찢어지는 소리가 들렸다. 주머니에서 쏟아진 열쇠와 동전들이 먹먹한 내 귀를 스치며 떨어졌다. 열차가 멀어져갔다. 열차 차량이 곡선을 이루며 나아가는 모습이 보였다. 나한테는 밤하늘을 달리는 열차처럼 바퀴가 위에 있는 걸로 보였다. 마지막 차량의 빨간 후미등이 멀어져 갔다.

신호기 기둥 옆 도랑에 돌돌 말린 실뭉치처럼 몸을 웅크리고 있는 병사가 보였다. 그 위로 눈이 내리고 있었다. 철모를 잃어버린 그는 대머리였다. 나는 외투가 서서히 찢어지고 있었고, 셔츠 안에서 피가 흘러나와 목을 타고 얼굴로 흘러내렸다. 결국 외투가 완전히 찢어졌고, 나는 기름과 증기에 젖은 검은 자갈 바닥에 나동그라지고 말았다.

떨어질 때 손을 짚으면서 날카로운 돌 모서리에 손바닥이 찢어졌다. 나는 바닥에 떨어져 구르다가 도랑 옆 독일 병사 가까이서 멈췄다. 하늘을 향해 누운 병사는 그 자리에서 걸어가려고 했다. 행군이라도 하듯 무거운 군화로 눈을 차며 걸었다. 그렇게 언 땅과 잔디가 나올 때까지 그 자리에서 계속 걸었다. 배를 움켜쥐고 울부짖으며 걸어가려고 했다.

나는 손으로 입을 막았다. 기침이 나면서 피가 쏟아져 나왔다. 독일 병사는 내 폐를 쐈고, 나는 그의 배를 쐈던 모양이었다. 이제야 우리의 후비치카 씨가 왜 저녁 내내 가래를 뱉고 침을 내뱉었는지 알 것 같았다. 이런 나의 최후를 미리 보았던 것 같다. 후비치카 씨는 원래 어떤 것에도 두려움을 느끼는 사람이 아니었다. 아마도 일이 일어나기도 전이었는데 마치 일이 일어난 듯이 앞서 보았던 모든 것들이, 그를 압도할 정도로 강렬했었나 보다. 나는 눈 내리는 하늘을 쳐다보았다. 그러다 몸을 뒤집고 땅바닥을 긁으며 독일 병사 쪽으로 기어갔다. 그는 앓는 소리로 오직 한 단어만을 되풀이하고 있었다.

"엄마, 엄마, 엄마!"

그를 쳐다보다가 피를 뱉어냈다. 지금 이 독일 병사가 부르고 있는 건 자기 엄마가 아니라 아이들의 엄마라는 생각이 들었다. 머리가 벗어지지 않았나! 몸을 기울여 그를 쳐다봤는데, 이럴 수가! 우리 후비치카 씨와 너무도 닮은 얼굴이었다. 독일 병사는 계속 두 손으로 배를 움켜쥐고 있었다. 총상 입은 몸에서 도망치고 싶은 사람처럼 계속 걸어가려고 했다. 무거운 군화 밑창으로 눈을 차내며 언 땅이 나올 때까지 계속 그 자리에서 걸었다.

나는 양팔을 벌린 채 등을 바닥에 대고 누웠다. 입꼬리로 피가 흘러나왔고, 가슴이 타는 듯했다. 불현듯 후비치카 씨가 앞서 보았던 것들이 내게도 보였다. 나를 잃게 될 것이며, 내가 할 수 있는 건 열차가 공중분해 되는 순간을 기다리는 게 다이며, 그리고 별다른 게 없더라도 이 상황에서 이것만으로도 내가 잘 해냈다는 것을 보고 있었다. 나를 기다리고 있는 것은 죽음이었다. 내 몸에 박힌 총알 때문에 죽든, 독일군한테 발견돼서 그들이 늘 하던 대로 교수형이나 총살로 죽든, 죽음이었다. 그리고 이번 죽음은 저번과는 다른 죽음이라는 걸 알았다. 베네쇼프의 비스트르지체에서 시도했던 죽음과는 다른 죽음이다! 이런 생각이 들자 독일 병사를 쏜 게 마음에 걸렸다. 그는 아랫배를 움켜쥔 채 계속해서 군홧발로 걸어가려고 애를 쓰고 있었다. 이런 그를 도와줄 수 있는 사람은 아무도 없었다. 복부 관통으로 치명상을 입었기 때문이다. 독일 병사는 그저 죽음을 향해 가고 있을 뿐이었다. 그런데 그 길이 너무 멀어 보였다. 이런 식으로는 도저히 도달할 수 있을 것 같지 않았다. 그는 그 자리에서 발을 차면서 그에 맞춰 한 단어만 되풀이하고 있지 않은가? "엄마, 엄마, 엄마……."

그의 군화가 내 머릿속을 후벼 파는 것만 같았다. 나는 몸을 뒤집었다. 그리고 배를 땅에 대고 팔꿈치로 기어 그의 발치까지 갔다. 두 손으로 그의 군화를 잡으려 했지만, 발이 무슨 기계 손잡이라도 되는 듯 나를 마구 흔들어 젖혔다. 외투 주머니에서 끈을 하나 꺼냈다. 승객들이 가져온 자전거나 손수레를 짐칸에 실을 때 번호표를 매달던 것이다. 일단 피를 한번 훔친 후 끈 한쪽 끝을 그의 군화 한쪽에 둘러 묶었다. 그리고 그가 걸으려고 발을 바꿀 때, 얼른 다른 쪽 군화도 마저 묶었다. 잠시 두 발이 걷기를 멈췄다. 속수무책 옴짝거리기만 할 뿐이었다. 그런데 그것도 잠시, 기계 같은 힘으로 끈이 끊어졌다. 그는 다시 땅에다 발을 허우적거렸다. 심지어 더 바삐 움직이며, 더 큰 소리로 울부짖었다.

"엄마! 엄마! 엄마!"

그가 그럴수록 나는 생각하고 싶지 않은 모습이 자꾸 떠올랐다. 아침에 커튼 뒤에 서 있을 어머니, 거기서 기다리고 계실 어머니 모습이 떠올랐다. 그렇지만 나는 결코 갈 수 없을 것이다. 광장 골목길로 들어설 수도 없을 것이다. 어머니가 나를 기다리며, 내가 돌아와서 행복하다는 신호로 커튼을 흔들 수도 없을 것이다. 내가 야간 근무를 설 때면 어머니는 늘 제대로 잠들지 못했다. 어머니처럼, 이 독일 병사의 부인도 남편이 전선에 나간 이래로 편안히 잠들지 못했을 것이다. 어쩌면 그녀도 커튼 뒤에 숨어서, 집 앞 골목에 나타나 그녀를 향해 손 흔들어 줄 사람을 기다리고 있을지 모르겠다. 그 사람이 여기 누워 걸어가 보려 하며 그녀를 부르고 있는 이 사람일 수도 있겠다. 걷고 또 걷지만, 그의 걸음은 결국 죽음으로 끝날 것이다. 나는 힘들게 그에게 기어가 귀에 대고 독일어로 소리쳤다. "조용히 해! 조용히 해!"

독일 병사는 이미 자기의 죽음을 알고 있었다. 그때 손을 내려놓는데 눈 속에 있던 라이플총의 차가운 총신이 만져졌다. 나는 그것을 잡아 옆구리 쪽으로 갖고 왔다. 독일 병사는 등을 대고 누워 있었고, 나는 그를 보고 누워 있었다. 그의 심장에 총구를 겨눴다. 그런데 잠시 좌우가 헷갈렸다. 어느 손이 글씨를 쓰는 손인지, 두 손을 번갈아 글씨를 써보고 나서야 제대로 구분할 수 있었다. 이제 총을 들어 독일 병사의 심장에 갖다 댔다. 그가 더는 소리치지 못하도록, 군홧발 소리가 더는 내 머릿속을 후벼 파지 못하도록, 나는 방아쇠를 당겼다. 총성이 울렸다. 불꽃이 살짝 그의 군복을 태웠다. 면과 모직 타는 냄새가 났다. 그런데 독일 병사는 아까보다 더 절박하게 자기 아내인 아이들의 어머니를 외쳐 불러댔다. 그리고 더 서둘러 걸었다. 이제 몇 걸음만 더 가면, 마당이 나오고 그 뒤에 사랑하는 식구들이 살고 있는 집에 도착할 수 있을 것처럼……. 어느새 눈이 멈췄다. 구름 사이로 예쁜 달이 모습을 드러냈다. 눈덮인 들판 사방에서 눈송이 하나하나에 무지갯빛 초침이 달린 듯 째깍거렸다. 그리고 독일 병사의 목에서 은목걸이가 반짝였다. 그는 목걸이의 한 부분을 두 손으로 붙잡고 더 크게 외쳐 불렀다.

"엄마! 엄마!"

이번에 나는 그의 눈을 향해 방아쇠를 당겼다. 참 이상한 자세로 총을 쐈다. 이제야 조용해졌다. 그의 두 발이 조용히 몇 번 움직이다가 천천히 멈춰 섰다. 나는 그의 몸 위에 누웠다. 그에게 평화와 안식이 깃드는 소리가 들렸다. 고장난 기계처럼 병사의 모든 게 멈추는 소리가 들렸다.

내 몸에서 흘러나온 피가 독일 병사의 군복을 적셨다. 손수건을 꺼내 그의 옷에 묻은 피를 닦아 주려고 애를 썼다. 하지만 숨쉬기가 어려웠고 점점 숨이 막혀 왔다. 그래도 있는 힘을 다해 몸을 돌려 손을 뻗어 병사가 쥐고 있는 목걸이를 꽉 잡았다. 그의 얼굴은 평화로워 보였다. 다만 그의 오른쪽 눈에 파란색 외눈 안경을 쓴 것처럼 구멍이 뚫려 있는 것만 빼고……. 나는 죽은 병사가 쥐고 있던 목걸이를 낚아챘다. 달빛에 보니 작은 메달이었다. 한쪽 면에는 녹색 네 잎 클로버가 있었고, 다른 쪽에는 '행운을 가져다줍니다!'라는 글이 독일어로 새겨져 있었다. 하지만 이 네 잎 클로버는 아무에게도 행운을 가져다주지 못했다. 그에게도, 나에게도! 그 역시 한 인간이었다. 나처럼, 혹은 후비치카 씨처럼, 특별하게 잘난 것도 특별한 지위도 없는 그런 사람이었다. 그런데도 우리는 서로를 쏘고 서로를 죽음으로 내몰았다. 만약 우리가 다른 곳에서 평범한 사람으로 만났더라면, 서로 좋아하며 많은 이야기를 나누었을지도 모르겠다.

이윽고 폭음이 울렸다. 조금 전까지만 해도 애타게 기다렸던 광경인데, 나는 독일 병사 옆에 누워 있었다. 손을 뻗어, 딱딱하게 굳어가는 그의 손가락을 하나하나 펼친 뒤 행운을 가져다준다는 녹색 네 잎 클로버를 손에 쥐여 주었다. 들판 저 멀리 어딘가에서 버섯구름이 하늘로 솟아올랐다. 엄청난 연기와 함께 계속 더 높이 솟구쳤다. 폭발할 때 공기의 진동이 들판으로 퍼져나가며 앙상한 나뭇가지와 덤불 사이를 헤치고 휙휙 지나가는 소리가 들렸다. 또 그로 인해 신호기의 변환기 체인과 신호기 가로대가 마구 흔들리는 소리도 들렸다. 그리고 나는 잔기침을 해 대며 피를 토하고 있었다.

나는 의식을 잃어버리기 직전, 그 마지막 순간까지 죽은 병사의 손을 잡고 있었다. 그리고 듣지도 못하는 그의 귀에 대고, 특급 우편 열차장이 드레스덴에서 싣고 왔던 비참한 독일인들에게 했던 말을 되풀이했다.

"집구석에 궁둥이 붙이고 얌전히들 앉아 있었어야지!"

비극과 희극의 경계에서

김경옥

들판에 쌓인 눈이 반짝반짝 빛나고 있었다. 눈 입자 하나하나에 아주 작은 시계 초침이라도 매달려 째깍대는 것처럼, 눈은 환한 햇빛을 받으며 영롱한 빛깔로 반짝이고 있었다.

햇빛에 빛나는 눈 덮인 들판의 모습은 아름답다. 하지만 눈은 햇빛을 받아 마치 시계 초침이 째깍대는 것 같은 소리를 내며 녹는다. 째깍째깍, 째깍째깍…… 사방에서 째깍대는 소리가 들린다. 어떤 결정적인 순간이 다가오고 있는 것 같다. 이제 전쟁은 막바지에 이르렀다. 하지만 전쟁은 아예 일어나지 말았어야 했다.

"집구석에 궁둥이 붙이고 얌전히들 앉아 있었어야지!"

작가 흐라발은 전쟁을 반대하며 파시즘에 저항한다. 또한 전쟁 초기에 독일군에 저항하지 않고 그저 바라보기만 했던 체코인들의 소시민적 비겁함과 위선도 비판한다.

우리 할아버지가 그저 바보 멍청이일 뿐이라고 말하는 사람도 있었고, 사람들 모두가 우리 할아버지처럼 독일군 앞을 막아서되, 손에 무기를 들고 대항했더라면 독일이 어떻게 됐을지 누가 알겠냐고 말하는 사람도 있었다.

「엄중히 감시받는열차」는 체코의 '국민 작가' 보후밀 흐라발(Bohumil Hrabal, 1914~1997)이 1965년에 발표한 작품이다. 이 소설은 제2차 세계대전이 끝나 가던 1945년, 체코의 중부 보헤미아 지방의 한 소도시에 있는 작은 기차역을 무대로 하고 있다. 이런 시대적 배경이 암시해 주듯 이 책의 주요 주제는 인간의 용기와 영웅적 행위이다. 소설은 독일군 병력 수송 열차를 폭파하며 독일에 저항하는 영웅적 행동으로 끝이 난다.
하지만 이 책에 등장하는 인물들은 결코 영웅적인 인물들이 아니다. 소심한 사회 초년생으로 남자로서의 성적인 능력 때문에 고민하는 주인공 밀로시와, 젊은 여자 전신 기사의 엉덩이에 업무용 직인을 마구 찍어댄, 입버릇이 고약하고 음란한 후비치카, 그리고 비둘기 기르기와 자신의 진급에만 몰두

하는 역장이 주요 등장인물이다. 작가는 별로 대단하지 않은 평범한 사람들의 관점에서 전쟁이라는 주제를 써나간다. 영웅과는 전혀 상관없어 보이는 사람들의 일상적인 시선에 전쟁이라는 파토스가 담긴다.

작가의 의도는 전쟁이라는 비극에 서 있는 우리 인간의 모습을 그리는 데 있다. 자신의 의지와는 아무 상관 없이 벌어진 시대적 상황과 그 운명에 직면하게 된 인간의 모습을 보여주고자 한다.

이 소설은 암담하고 비극적인 현실에 우스꽝스러운 등장인물들을 배치함으로써, 비극과 희극의 경계를 넘나든다. 작가 흐라발이 독일군 점령과 저항이라는 어두운 주제를 힘이나 무력이 아니라 우스꽝스럽고 바보 같은 모습을 한 등장인물 안에서 풀어나가는 이러한 방법은, 체코 문학의 전통(야로슬라프 하셰크(1883~1923), 「착한 병사 슈베이크의 모험」)을 잇는 것이라고 할 수 있다.

「엄중히 감시받는 열차」를 번역하는 데 가장 어려웠던 점은 그가 사용하는 언어의 독특함에 있다. 이 책은 주인공 밀로시의 1인칭 화자-이야기체로 진행된다. 이때 작가가 밀로시의 생각을, 그 의식의 흐름을 따라 자연스럽게 표현하면서 사용하는 문장은 보통 일상적으로 사용하는 문장과는 다른 구조를 보인다. 예를 들어, 문장의 병렬관계나 인과관계의 연결 표현이 자주 생략된다. 또 현재 벌어지는 상황을 묘사하면서, 그 상황과 연관된 과거 사건 속으로의 플래시백이 느닷없이 삽입된다. 하지만 작가는 이때 묘사 중이던 사건이나 과거 사건을 회상하는 장면이나, 모든 에피소드를 대부분 같은 시제로 서술하고 있다.

이러한 표현 방식은 독자들에게 긴장감을 주는 하나의 방법이지만, 문장 구조가 전혀 다른 타 언어로 번역하는 데에는 한계성을 가져다주는 것도 사실이다. 흐라발은 표준어와 일상 구어체만이 아니라, 지역어와 비속어, 그리고 철도에 관한 전문어를 혼합해서 사용하고 있다. 특히 그 당시 시대 상황을 반영하듯 독일어가 그대로 사용되었다.

2024년 민음사에서 「엄중히 감시받는 열차」를 다시 발행하게 되었다. 개인적으로 참 반갑고 고마운 마음이다. 2006년에 출판된 원고를 보니 감회가 남달랐다. 이번 기회에 다시 원고를 검토하면서 글을 좀 다듬었다. 이것으로 독자들에게 이야기꾼으로서의 흐라발의 목소리가 좀 더 잘 전달되었으면 하는 바람이다.

「엄중히 감시받는 열차」는 1965년에 '체코·슬로바키아작가·출판사상'을 받았으며, 1966년에는 사샤 리히(Saša Lichý)

에 의해 연극으로 상연되었다. 또 같은 해에 이르지 멘젤(Jiří Menzel) 감독에 의해 영화로도 만들어져 '만하임상'(1966)과, '아카데미 최우수 외국어영화상'(1967)을 수상하기도 했다.

이야기꾼들

Pábitelé

1

시멘트 공장 앞 벤치에 나이 든 남자들이 앉아 서로 소리를 지르고 옷깃을 붙잡으며 귀 따갑게 고함을 지르고 있었다.

시멘트 먼지가 눈이 내리듯 흩날려 모든 집들과 정원이 고운 석회석 가루로 뒤덮였다.

나는 먼지로 덮인 들판으로 걸어갔다.

외딴 배나무 아래에서 아주 작은 남자 하나가 낫으로 풀을 베고 있었다.

"저기 수위실 건물 옆에서 목이 쉴 정도로 소리를 지르는 사람들은 뭐 하는 분들이죠?"

"정문 옆요? 은퇴한 사람들이에요." 작은 남자는 대답을 하고는 낫질을 계속했다.

"꽤 나이 든 분들이네요." 내가 말했다.

"그렇죠? 몇 년 내로 나도 거기 앉아 노닥거릴 생각을 하면 벌써부터 기쁘지요."

"연금 받을 나이에 도달하신다면요!"

"그럼요. 여기는 엄청나게 건강한 지역이지요. 여기 평균 나이가 칠십이에요." 남자는 한 손으로 날렵하게 풀을 베었고, 풀에서 시멘트 먼지가 피어올랐는데 젖은 장작이 탈 때 나는 연기 같았다.

"죄송합니다만, 노친네들이 대체 뭘 가지고 다투는 건가요? 저렇게 끊임없이 으르렁거려야 하나요?"

"시멘트 공장이 돌아가는 걸 재미있어하는 거예요. 저들은 자기들이 뭐든지 훨씬 더 잘할 거라고 생각하는 거죠. 게다가 낮에 실컷 소리를 지르고 나면 저녁에는 더 목이 마르게 되고요. 저들은 평생 저곳에서 일을 했고, 그렇게 시멘트 공장과 함께 자랐으니 공장이 없으면 더 이상 살 수가 없는 거죠."

"왜 차라리 버섯을 따러 다니지 않지요? 아니면 국경 지대 숲으로 이사를 가든가요. 거기로 가면 누구나 정원 딸린 집을 받을 텐데!"

나는 손등으로 코를 훔쳤다. 끈적한 검댕이 손에 묻어났다.

"그 얘기가 나왔으니 말이지요!" 남자는 낫질을 멈췄다.

"그런 사람들 중 마레체크라는 사람이 있었는데 클라토

비[1] 후방에 있는 숲으로 이사를 했죠…… 2주일이 지나자 앰뷸런스가 그자를 다시 이리로 데려왔어요. 그곳 건강한 공기 때문에 천식이 생긴 거죠. 그런데 여기로 돌아온 지 이틀 만에 다시 멀쩡해졌어요. 저기 정문 옆에서 가장 큰 소리로 떠드는 사람이 바로 마레체크예요. 여기 강력한 공기가 완두콩수프처럼 원기를 불어넣어 주는 거죠."

"전 완두콩수프를 안 좋아하는데." 나는 그렇게 말하며 배나무 아래로 다가갔다.

먼지 덮인 들길을 따라 마차 한 대가 달려왔다. 마차는 말발굽 아래에서 피어오르는 시멘트 먼지 구름에 휩싸였다. 마부는 그 구름 속에서 흥겹게 노래를 불렀다. 오른쪽에 있는 수말은 갑자기 고삐를 잡아끌더니 배나무 가지 하나를 물어뜯었는데 엄청난 시멘트 먼지를 털어 냈다. 나는 양팔을 앞으로 뻗으며 더듬으면서 먼지구름 밖으로 나갔다.

출발할 때 어두운 색상이었던 나의 재킷은 이제 잿빛이 되었다.

"영감님, 실례지만 이르카 부르간이 여기 어디에 사는지 아세요?" 나는 노인에게 물었다.

노인은 낫질을 계속하며 다른 손으로는 몸의 균형을 잡

---

1   Klatovy, 체코 플젠시에서 43킬로미터 남쪽에 있는 도시.

왔다.

그때 낫이 두더지 굴을 건드렸고 노인은 놀라 몸을 벌떡 일으키더니 들판을 가로질러 달아났다.

"말벌이야!" 노인은 소리를 지르며 자신의 머리 주위로 마구 낫을 휘둘렀다.

나는 그가 있는 쪽으로 뛰어갔다.

"제 말 들리세요? 이르카 부르간 집이 어디예요?"

"내가 이르카의 아비예요." 노인은 씩씩거리며 뛰면서 공격하는 말벌들을 향해 계속 낫을 내리쳤다.

"반갑습니다. 저는 이르카의 친구입니다." 나는 자신을 소개했다.

"우리 아들이 기뻐할 거예요. 벌써 기다리고 있어요." 부르간 씨는 달리면서 말을 덧붙였다.

부르간 씨는 계속 허우적거리며 말벌을 내리치다가 불행하게도 낫으로 자신의 머리를 찍었다.

나보다 약간 앞서 뛰었는데, 낫은 마치 모자에 달린 깃처럼 두개골에서 튀어나와 있었다.

우리는 조그만 집 대문 앞에서 비로소 멈춰 섰다.

부르간 씨는 까딱하지 않았다. 피가 마치 실개천처럼 머리카락 사이로 흘러내렸고 양쪽 귀를 지나 턱 밑에 고여 아래로 뚝뚝 떨어졌다.

"제가 낫을 뽑아 드릴게요." 내가 말했다.

"잠깐만요. 우리 아이가 내 이런 모습을 그리려 할지도 모르니까…… 저기 우리 집사람이 오는군요."

울타리 문밖으로 소매를 걷어 올린 뚱뚱한 여자가 나오는데 막 거위 한 마리를 잡은 듯이 두 손에는 기름이 묻어 있었다. 그 여자는 왼쪽 눈꺼풀은 늘어져 눈을 덮었고 아랫입술은 아래로 처져 있었다.

"오는 걸 봤지." 여자는 우리를 반갑게 맞으며 내 손을 세게 눌렀다. "어서 와요!"

뺨이 불그레한 젊은 이르카가 문밖으로 나왔다. 한 손으로는 나와 악수를 하면서 다른 손으로는 주위를 가리켰다. "친구, 이런 게 아름다움이야! 내가 거짓말한 게 아니지? 색상을 봐! 이런 게 전원 풍경이고 외광파(外光派)다운 거야!"

"아름다움이야. 하지만 자네 아버지가 어떻게 됐는지 봐."

"무슨 일인데?" 이르카는 주위를 둘러보았다.

"무슨 일이냐고? 이렇게 되셨네!" 나는 소리치며 맹금류의 부리처럼 부르간 씨의 머리에 달려 있는 낫을 흔들어 보였다.

"아야!" 부르간 씨가 비명을 질렀다.

"아, 그걸 말하는 거군!" 친구가 손짓을 했다. "난 무슨 일이 났는 줄 알았네. 엄마, 아버지가 또 말벌을 쫓았나 봐. 아이고, 아버지!" 이르카는 손가락을 흔들며 웃으며 말했다. "늘 아버지 때문에 재미가 없는 날이 없지. 얼마 전에는 집에서 자꾸 토끼들이 없어지더라고. 그래서 재주꾼인 우리 아버지가 함정을 만들었지. 거름 구덩이에 널빤지를 교묘하게 깔아 놓아 밤에 그걸 밟는 사람은 똥통에 빠질 수밖에 없었어. 토끼 우리가 거름 구덩이 바로 옆에 있었거든. 아버지는 그 트릭을 잊어 버리고는 아침에 자신이 빠져 버렸어."

"깊지는 않아." 부르간 씨가 말했다.

"얼마나 깊었죠?" 이르카는 귓등에 손을 갖다 댔다.

"이 정도지." 부르간 씨는 손바닥으로 자기 목을 가리켰다.

"그러니 말이에요!" 이르카는 낄낄거리며 웃더니 이야기를 계속했다. "어느 날에는 갑자기 위생학자가 되셨지. 카바이드 한 양동이를 뒷간에 뿌리고 잠시 후에 거기다가 파이프 담뱃재를 털었어. 나는 막 나가려는 참이었는데 내가 뭘 봤는지 알아? 대포 소리 같은 폭발음이 울렸고 분뇨 500킬로그램이 공중으로 튀는데 아버지는 땅 위 6미터 높이에서 공중제비를 돌고 있었어! 거름 위에 떨어진 게 다행이지."

"헤헤헤……." 웃는 부르간 부인의 뱃살이 출렁거렸다.

"그건 아냐, 거름 위 6미터가 아니었어." 부르간 씨의 표정이 환해졌다. 귓가에 서서히 말라붙은 피는 마치 에나멜처럼 반짝거렸다.

"그럼 얼마였어요?" 이르카는 다시 귓등에 손을 갖다 댔다.

"기껏해야 5미터였고 분뇨는 400킬로그램 정도지. 예술가인 우리 아들은 늘 과장을 한다니까."

"분명 그렇기 때문이죠." 나는 맞장구를 쳤다. "하지만 여러분, 언짢아하지 마세요. 저 낫 때문에 신경이 쓰입니다."

"그건 별것 아니에요." 부르간 부인은 낫의 자루를 쥐고 흔들다가 상처에서 낫을 빼냈다.

"부르간 씨에게 패혈증이 생기지 않을까요?" 나는 걱정이 되어 얼굴을 찡그렸다.

"아니, 여기서 우리는 모든 걸 건강한 공기로 치유해요." 부르간 부인은 주먹을 쥐고 사랑스럽게 부르간 씨의 이마를 쳤다. "우리 애 아빠는 아침마다 벌 한 가지를 받는 게 제일 나아요. 왜냐고요? 말썽꾸러기니까."

부르간 부인은 남편의 앞머리를 쥐고 작은 농가로 데려가 한 손으로 피가 흐르는 머리를 펌프 아래로 밀었고 다른 손으로는 펌프질을 했다.

"여보게, 친구. 우리 아버지는 아주 날렵한 분이지. 올해 휴가 때 지붕 배수관을 수리했는데 성급한 양반은 지붕 가장자리로 안전줄도 없이 걸어가며 웃었어. 엄마는 아래에서 시멘트 보도 위를 걸어 다니며 아빠가 추락하면 곧바로 응급차를 부르려고 했지. 이 주일이 되는 날 아빠는 몸에 줄을 감고 있었는데 지붕에서 미끄러져 거꾸로 매달렸어. 방 창문으로 나는 아빠에게 마실 물을 건넸고 그사이에 엄마는 우리들 이불을 모두 보도 위에 쌓았어. 내가 아빠의 몸에 감긴 줄을 끊자, 정말 어떻게 일어난 일인지 나는 모르겠는데, 아빠는 머리로 정확히 이불 옆으로 떨어졌어. 시멘트 바닥 위로 말이야."

"헤헤헤." 부르간 부인이 웃으며 말했다. "시멘트 바닥으로 말이에요. 그런데 몇 시간이 지나니 남편은 다시 술집에 앉아 있더군요." 부인은 펌프질을 계속했다.

"우리 아빠는 오토바이도 몰아." 이르카는 자기 아버지도 잘 들을 수 있게 목청을 높였다. "경험 많은 라이더들이 우리에게 경고를 했었지. '나쁜 뜻은 아니네만, 자네 아버지는 안전 운행 수칙만을 지키며 운전을 해 언젠가 사람들이 그를 지게에 지고 집으로 데려오게 될 걸세.' 하하하! 어느 날 아버지가 돌아오지 않아서 우리는 지게를 가지고 찾으러 갔어. 저 멀리 아래쪽에 있는 커브 길에서 들장미 덤불을 지나가는데 서글프게 울부짖는 소리가 들렸어. 우리는 둘러봤어……. 엄마, 우리가 뭘 발견했지?"

"헤헤헤." 부르간 부인은 여전히 노인의 머리를 펌프 아래로 붙잡고 웃었다.

"아빠는 오토바이와 함께 들장미 덤불에 꼿꼿이 박혀 있었지!" 이르카는 숨넘어갈 듯이 웃었다. "아빠는 커브 길을 돌지 못하고 곧장 덤불 속으로 달려간 거야……. 그 안에서 오토바이에 앉은 채 두 손으로 핸들을 꽉 붙잡고는 두 시간 내내 꼼짝도 하질 않았어. 온몸에 가시와 뾰족한 잔가지들이 꽂혀 있었으니까⋯⋯."

"가시 하나가 내 코에 꽂혔고 또 하나는 눈꺼풀을 들어올렸어⋯⋯. 재채기가 나서 참을 수가 없었지!" 부르간 씨는 머리를 들려고 했다. 하지만 부르간 부인은 다시 앞머리를 쥐어 펌프 아래로 밀었다.

"어떻게 덤불에서 꺼냈지?" 나는 오싹한 기분이 들어 물었다.

"처음에는 양털 가위로 시도해 봤지만 잘 안 되길래 전정 가위로 소위 (과실수 전문가) 프라이슬러의 가지치기 방식으로 덤불을 잘랐어. 한 시간쯤 지나 아빠를 꺼냈지." 이르카가 말했다.

부르간 씨는 뭔가 덧붙여 말하려고 머리를 들다가 펌프의 관에 목덜미를 부딪혔다.

그 순간 가까운 언덕 위에 번개가 쳤고 폭발음이 들렸다.

"10시네." 이르카가 말했다.

"장난꾸러기들." 부인은 부드럽게 말하며 언덕 위쪽을 쳐다보았다. 벌채가 된 곳에서 하얀 구름이 일었다.

먼지 덮인 소나무들 사이로 군인들이 보였고, 그중 하나가 빈터로 나와 깃발 신호에 따라 수류탄의 핀을 뽑아 멀리 숲으로 던지고 몸을 피했다……. 다시 폭발음 소리와 우윳빛 구름이 일었다. 계곡으로 퍼지는 공기의 압력은 헤이즐넛 덤불과 해바라기들에서 먼지를 털어 냈다.

"장난꾸러기들." 부르간 부인은 부드럽게 말을 되풀이했다.

그다음에 남편의 앞머리를 쥐어 펌프에서 끌어냈다. 부인은 남편의 머리를 손으로 쓸며 조심스럽게 상처를 살펴보았다.

"건강한 공기를 쐬면 곧 마르겠네." 이렇게 말하며 부인은 정중하게 내게 집 안으로 들어가기를 청했다…….

2

부엌의 벽에는 먼지 덮인 그림이 수십 장 걸려 있었다.

부르간 부인은 의자를 벽 쪽으로 밀어 힘겹게 그 위에 올라가 젖은 헝겊으로 그림들을 닦았다. 곧바로 그림들의 색상이 빛을 발하며 부엌을 채웠다.

이제 5분마다 군대 훈련장에서 폭발음이 울리며 집을 흔들었다. 매번 선반에 놓인 냄비들과 접시들이 달가닥거리는 소리를 냈다. 수류탄이 터질 때마다 청동 침대에 달린 바퀴들이 움직였다. 부르간 부인은 매번 훈련장 쪽을 바라보며 부드럽게 말했다. "장난꾸러기들……."

부르간 씨는 낫으로 그림들을 가리키며 떠벌리기 시작했다.

"우리 아이가 이「남보헤미아 연못 위의 일몰」을 그리려 했을 때 아이는 한 치수 작은 구두를 신었고 이「카를슈테인 모티브」는 신발 밑창에 꽂혀 있던 못이 아이 발바닥에 0.5센티미터 깊이로 박혔을 때 구성한 거죠……「리토미슐 근교 부코비 숲」을 그릴 때에는 온종일 좁은 길로는 다니지 않았고……「프리지비슬라프의 풀 뜯는 말들」은 냄새 고약한 습지에서 탄생한 건데 아이는 허리춤까지 습지에 몸이 잠겼고……「산 정상에서」도 어려운 상황에서 작업한 건데, 사흘을 굶은 다음이었어요."

부르간 씨는 떠벌리고 부르간 부인은 끊임없이 그림에서 그림으로 의자를 옮겨 끙끙거리며 올라서서 젖은 헝겊으로 그림을 닦았다. 훈련장에서 5분마다 새롭게 수류탄이 터지면 그녀는 폭발음이 들리는 쪽을 바라보며 중얼거렸다. "장난꾸러기들……."

시계가 정오를 알렸다. 청동 침대는 반대편 벽 쪽으로 굴러갔다.

부르간 씨는 마지막 그림을 가리켰다.

"자, 이 그림은「겨울의 분위기」라고 이름을 지었어요. 아들은 이 그림을 그릴 때 맨발로 바지를 접어 올린 후 한 시간 동안 시냇물에 서 있었는데 1월의 얼음물 속에서 대상을 바라보고 있었던 거죠."

"장난꾸러기들." 부르간 부인은 또 중얼거리며 의자에서 내려왔다.

잠시 무거운 침묵이 흘렀다.

부르간 부인은 청동 침대를 밀어 제자리로 가져다 놓았다.

"아름다운 그림들이고 감성이 깊군요." 나는 입을 열었다. "그런데 이르카는 왜 발이 조이는 구두를 신었고 왜 그림을 그릴 때 발바닥에 못이 박혔고 왜 1월에 맨발로 시냇물에 들어간 건가요?"

이르카는 당황했고 부엌 바닥을 멍하니 바라보았다.

"우리 아들은 미술학교 출신이 아니에요……. 그래서 부족한 학력을 강한 경험으로 대신하는 거죠……. 그래서, 우리는 아들이 미술을 위해 프라하로 가야 할지 얘기해 달라고 당신을 초대한 겁니다." 부르간 씨가 말했다.

"이르카, 자네는 외광파풍으로 풍경을 그리지? 어디서, 어디로 가서 이 현란한 색상들을 취하나? 어떻게 이 파랑과 빨강이 나란히 공존할 수 있는 건가? 인상파들은 이 색상들로 수치스러워하지 않겠지. 이걸 어디서 얻는 건가?" 나의 질문이었다.

부르간 씨는 낮으로 고운 먼지들이 떨어지는 커튼을 옆쪽으로 밀었다.

"보이세요? 저기에 색상이 보이세요? 부엌에 걸려 있는 거의 모든 그림들은 아들이 이 지방에서 그렸어요. 저기에 눈 부시게 빛나고 있는 색상들을 바라봐요!"

부르간 씨는 걷힌 커튼을 붙잡고 있었고 나는 그와 함께 주위 풍경을 바라보았지만 늙은 코끼리 피부처럼 잿빛이었다. 뭔가 움직이는 곳마다 흙먼지가 솟아올랐다. 자주개자리 밭에 서 벌초기를 끌고 있는 트랙터 뒤로 먼지 덮인 길을 달리던 마 차처럼 잿빛 구름이 일었다. 세 번째인가 네 번째에 건너서 있 는 들판에서는 젊은이가 쇠스랑으로 곡식 단을 찌를 때마다 먼지가 허공으로 뿌려지고 있었다. 마치 곡식 단에 불을 붙인 것처럼 연기로 가득했다.

"색상들이 보이세요?" 부르간 씨의 낯이 떨리고 있었다.

저편 위에서는 보병 한 명이 숲속의 빈터로 나와 수류탄 의 핀을 뽑고는 멀리 던졌다.

청동 침대가 다시 앞으로 굴렀다.

부르간 부인은 이번에는 침묵했다.

"장난꾸러기들." 내가 말했다.

부인은 내 팔에 손을 얹었다. 그녀의 한쪽 눈꺼풀은 롤빵 처럼 축 늘어져 눈동자 위에 걸려 있었다. 부인은 내게 어머니 처럼 말했다. "당신은 아냐. 당신은 결코. 욕은 여기에 사는 우 리만 할 수 있어요. 우리는 욕하는 게 아니라 안심을 하기 위한 것뿐이에요. 합의된 놀이인 거죠. 저들은 우리 나라 군인들이니까요. 가족 같은 거예요. 가족 내에는 나름대로 서로 허용하는 게 있어요. 가족 간에는 욕을 할 수도, 상대를 자극할 수도, 뭔가 조언을 해 줄 수도 있는 거죠. 단지 가족 간에서만 서로에게 있는 일이에요. 다른 사람은 안 돼요. 우리 애 아빠에 대해서는 이르카와 나만 놀릴 수가 있는 거죠……. 그런데 어때요, 우리 이르카가 프라하로 가야 할까요? 그곳에서 체코 미술을 위해 뭔가 할 것 같나요?"

부르간 부인은 물으면서 꿰뚫어 보듯이 나를 바라보았다. 내 영혼의 바닥에서 미세한 것이 움직이면 알아낼 수 있는 능력이 있다는 듯한 눈길로.

"프라하는 분만용 집게 같은 곳이죠. 저기 있는 그림들은 미완성품이 아니라 작품들이에요. 아드님은 가면 성공할 거라고 생각합니다." 나는 눈을 내리깔며 말했다.

"그렇게 되겠죠." 부르간 부인이 말했다.

부르간 씨는 옆방 문을 밀어 열어 낫으로 안쪽을 가리켰다.

"이르카는 조각도 해요." 부르간 씨는 낫으로 엄청난 근육질의 석고상 하나를 두드렸다.

"이건 멧돼지가 없는 비보이[2] 상이에요." 부르간 씨가 말

2   맨손으로 멧돼지를 잡았다는 체코 전설에 나오는 인물.

했다.

"대단하군요! 이두박근 하며! 이르카, 모델이 누구였나? 역도 선수? 아니면 헤비급 권투 선수?"

이르카는 마룻바닥을 바라보며 열정적으로 말했다.

"역도 선수도 헤비급도 아니고 바로 나요." 부르간 씨가 자신을 낫으로 가리키며 대답했다.

"아버님요?"

"나요! 우리 아들은 모든 걸 상상해요. 수도꼭지에서 물방울 소리를 들으면 바로 연필을 집어 나이아가라 폭포를 그리고, 손가락을 베이면 바로 값싼 장례식에 비용이 얼마가 드는지 물어보러 가요. 최소한의 자극에서 최대한의 결과물을 만들어 내는 거죠." 몸집이 작은 부르간 씨는 기쁨에 들뜬 채 말했다.

"그 모든 걸 그렇게 잘 이해하시는 게 놀랍습니다, 부르간 씨." 내가 말했다.

"내가 브르쇼비체[3] 출신이잖소!" 그는 낫으로 머리를 긁적거렸다. "셰익스피어의「트로일러스와 크레시다」 공연을 본 적이 있어요? 약 25년 전에 나는 비노흐라디극장에서 단역으로 활동했는데 셰익스피어 공연에 출연했었지요. 연출상 5막

---

3   Vršovice, 프라하 10구역.

에서 기둥 장식으로 발가벗은 동상이 두 개 필요했어요. 청동색으로 몸을 칠한 게 나였고 다른 발가벗은 동상은 젊은 여자였어요. 우리는 조명을 받으며 움직임 없이 누워 있었는데 위에서는 세트 설치 스태프가 우리를, 특히 예쁜 여자를 내려다보았죠……. 공연이 끝나자 나는 발가벗은 몸에 청동 칠을 했던 젊은 여자에게 청혼했죠. 그녀는 승낙했고요……. 그렇게 우리는 25년 동안 함께 살고 있어요……."

"이분이 그 청동색으로 칠한 동상이라고요?!"

부르간 씨는 미소를 지으며 고개를 끄덕였다.

"5막에서 기둥 위에 누워 있던?"

부르간 씨는 미소를 지으며 고개를 끄덕였다.

"신선한 공기를 조금 들일까요?" 부르간 부인이 말했다.

시멘트 먼지가 카펫 위에 내려앉았다.

"휴식이 필요하면 우리한테 와요. 일주일 내내 와 있어도 상관없어요." 부르간 부인이 말했다.

"수류탄은 늘 저렇게 던지나요?" 내가 물었다.

"아뇨." 부르간 부인은 대답하며 벽장에서 진공청소기를 꺼냈다. "월요일부터 토요일까지만, 10시부터 3시까지만요. 일요일은 끔찍하게 서글퍼요. 다시 소란스러워질 때까지 너무나 조용해요. 적막이죠. 그러면 우리는 라디오를 들어요. 이르카는 날이 밝으면 헬리콘[4]을 불어요. 우리는 우리 군인들이 나타날 때까지 한 번만 더 자면 되는 걸 기뻐하죠."

"두 분이 발가벗고 청동색을 칠한 채 기둥 위에 누워 있던 게 정말입니까?" 나는 다시 한번 물었다.

"사실이에요." 부르간 부인은 무겁고 뒤뚱거리는 발걸음으로 남편에게 다가가서 감은 줄과 콘센트를 손에 쥐여 주었다.

"여보, 담장 앞에 가서 과꽃 묘판을 모조리 훑어 와요. 이 손님에게 멋진 꽃다발을 만들어 주게! 장난꾸러기들……." 그녀는 창밖으로 경사진 언덕을 내다보았고 그곳에는 다시 하얀 구름이 피어올랐다. 마치 산사나무 꽃다발처럼…….

4   중동부 유럽에서 자주 사용하는 관악기.

장례식

Pohřeb

1

"어젯밤 기분 좋은 꿈을 꿨어. 숲에서 탈곡기 앞에 무릎을 꿇고 있는데 하늘에서 성 요셉이 내려와 내 위에서 커다란 십자가를 그리더라고. 아침에 바로 알았지, 아이스하키(19번)[1]와 자전거 경주(3번)에 걸어야 한다는 걸. 왜냐면 성 요셉 대축일이 3월 19일이니까⋯⋯." 야르다가 외투 단추를 채우며 말했다. 페피크에게 스포르트카 로토[2]가 꿈과 꿈의 의미와 크게 연관이 있다고 말하려는데 밖에서 끔찍한 우당탕 소리와 욕지거리가 그의 말을 끊었다. 두 사람 다 까맣게 타르 칠이 돼 있는 소변 통 홈으로 넘어졌고, 몸을 일으키면서 야르다는 자기

---

1   복권의 각 숫자에 스포츠 종목이 적혀 있다.
2   1957년 도입돼 지금까지 시행되는 체코에서 가장 큰 로토.

쪽으로 날아온 우유통 조각에 8이란 숫자가 적힌 것을 보았다.

"호오…… 산악 구조라! 8번!" 야르다는 기뻐했다.

"근데 내 외투 좀 봐라!" 페피크는 외투의 소매를 살펴보았다.

"그게 하늘의 암시야." 야르다는 환성을 지르다 조각을 들어 보이면서 말했다. "다른 숫자들은 아무런 의미가 없는 거지! 운명의 숫자야! 봐, 아침에는 아이스하키(숫자 19)와 자전거 경주(숫자 3), 그리고 이제 산악 구조 8번!"

"내 옷을 세탁소에 맡겨야겠어……." 페피크는 무덤덤하게 대꾸했다.

공중변소에서 나가니 일어난 상황이 보였다. 트럭 한 대가 팔르몹카[3] 거리 바로 앞에서 사방으로 시각을 알리는 커다란 유리 시계와 충돌했다. 충돌로 시계 숫자 판 전체가 도로에 뿌려졌고 철제 구조물이 공중변소 위로 날아간 것이었다.

두 친구는 숫자에만 골몰하면서 걸었다.

"운이 좋았다는 걸 알겠소?" 경찰관 한 명이 메모 수첩에서 고무줄을 떼어 내며 말했다. "다친 데는 없소?"

"없어요."

"사고를 목격했소?"

---

3   프라하 8구역의 길 이름.

"아뇨, 저기서 듣기만 했어요!" 야르다가 공중변소를 가리켰다.

"좋소, 가도 좋아요." 경찰관은 트럭 운전사에게 걸어갔다. 운전사는 떨리는 손가락으로 서류를 정리하고 있었다.

"산악 구조 8번! 일주일만 지나면 우리는 부자야!" 야르다는 조각에 입맞춤을 하고 다른 잔해가 있는 바닥으로 내던졌다. 페피크는 시계를 보며 말했다. "좋아, 그런데 장례식을 놓치면 안 돼!"

프라자치카[4] 거리의 오르막길에는 바람이 너무 세게 불어 두 사람은 몸을 거의 앞으로 숙이며 걸었다.

야르다는 바람에 몸을 맡기며 말했다. "이 스포르트카 로토는 한 손으로 마술을 하는 거나 다름없어. 해독해 봤자 아무 도움이 안 돼! 나는 당첨된 숫자를 전부 적어 봤어. 요트 경기 9번과 카누 경기 12번은 한 번도 나온 적이 없는 걸 알지? 그리고 행운의 유대인 숫자(18번)는 한 번만 나왔고, 재수 없는 13은 벌써 아홉 번이나 나온 것도. 오늘 장례를 치르는 너희 아돌프 삼촌은 말하곤 했지. '두더지들은 홀수 시각에 땅을 판다, 홀수들은 행운이 될 거다.' 우리는 베팅했지…… 그리고 젠장, 온통 짝수만 나오더라고……." 야르다는 멈춰 서서 숨

4   프라하 3구역에 있는 거리 이름.

을 들이마셨다.

"다시 말하자면 이런 거라고! 사람은 숫자들과 개인적인 관계를 가져야 해. 그 숫자들과 운명적으로 친구가 되고, 거의 사랑스러운 관계를 맺어야 하는 거야. 그러면 될 거야. 예를 들어 저기 저 스파르타크(체코 승용차 슈코다 440의 속칭) 같은 건…… 내게 그냥 아무 상관 없는 물건이지만 만약 내 행운을 위해 나를 조금 들이받는다면, 저 차의 번호판은 무언가 의미가 있는 거지. 그렇지 않겠어?"

"야르다, 조심해!" 페피크가 소리를 지르며 뒤로 물러났다. 내리막길로 내려오던 화물차에서 무거운 배럴 통이 풀려나와 프라자치카 거리로 올라가는 스파르타크의 바퀴 바로 아래로 굴러떨어지는 게 보였기 때문이다. 그들로부터 이삼 미터 떨어진 곳에서. 곧바로 노란색 먼지 기둥이 하늘로 솟아올랐고, 이어서 타이어에서 덜컥거리고 바람이 새는 소리가 들렸다.

페피크는 충격 방지석 옆에 서서 계속 피어오르는 노란 구름처럼 노랗게 변해 버린 자신의 장례복을 보며 망연자실했다. 이어 야르다가 구름 속에서 비틀거리며 걸어나왔다.

"야, 이 멍청아, 왜 그따위로 운전을 해!" 페피크가 연기구름 속으로 소리를 치며 다시 자신의 옷을 살펴보았다.

"욕할 거 없어!" 야르다가 페피크의 입을 막았다. "저건 하

늘의 계시야!" 그는 바람에 휩쓸리는 노란 먼지 기둥을 가리
켰다. 그 기둥은 흙탕이 된 눈길을 따라 계속해서 굴러가며 발
칸[5] 거리 아래 언덕을 노랗게 만들었고 이제는 크레이차레크[6]
거리까지 오염시켰다.

"이달 안에 우리는 돈방석에 앉을 거야." 야르다는 기침을
했다. 그는 먼지 기둥에서 나온 스파르타크를 쫓아가서 0.5미
터 높이의 노란색 가루 더미에 무릎을 꿇고 번호판을 닦았지
만 바람이 곧 다시 번호판을 노랗게 만들었다. 야르다는 숫자
하나하나에 집중하면서 빠르게 닦았다.

"다이빙 34번!"

야르다는 계속 바라보았다…….

"자전거 곡예 17번!"

그는 다시 빠르게 닦았다…….

"그리고 리듬 체조 43번!" 세 번째로 외쳤다.

바람은 번호판을 먼지로 가리고 차체 아래로 노란 아닐린
가루를 뿌렸다. 스파르타크 운전자는 여전히 핸들을 잡고 눈
을 감은 채 모든 게 그저 꿈일 거라고 생각했다. 눈을 뜨면 보
이는 것, 들리는 것, 느끼는 것이 다를 거라고 생각했다. 이제
눈을 떠서 보니 타트라 111(체코의 트럭 차종)이 언덕에서 미끄

5   프라하 3구역의 길 이름.
6   프라하 3구역의 길 이름.

러져 스파르타크의 차창에 얹혀 있었다.

"리듬 체조 43번이야!" 야르다는 환성을 질렀다.

"멋진 체조라니!" 스파르타크의 주인은 용기를 내어 차 밖으로 나왔다. "맙소사, 처음 몰고 나온 건데!" 차 주인은 자신의 무릎 아래가 노란 가루 속에 덮여 있는 걸 보고 두 손을 마주 쳤다. "미안한데 내려다보기가 겁나요. 바퀴 밑에 있는 게 뭐죠?" 걱정스럽게 물어보는 차 주인은 얼굴 주름이 귀에까지 닿아 있었다.

"아닐린이 든 2미터짜리 통이에요." 페피크가 말했다.

"왜 내가 차를 몰고 나왔지!" 차 주인은 노래진 손바닥으로 이마를 두드렸다. "아내가 난리를 칠 텐데! 보기가 겁나네…… . 많이 망가졌나요?"

"내 옷에는 뭐라고 해야겠어요? 우리는 장례식장에 가야 하는데. 삼촌이 돌아가셨어요…… ." 페피크는 한숨을 쉬면서도 자동차 앞쪽을 살펴보았다. "별로 관리를 안 한 차군요. 왼쪽 휠이 나갔고 펜더가 조금 찌그러졌고 라디에이터가 안으로 밀려 들어갔네요…… ."

"맙소사." 차 주인이 탄식을 했다. "내일 난리가 나겠군!" 이미 마찬가지로 노래진 외투를 입은 차 주인은 실망하여 차 안으로 들어가서 뒤쪽 창가에서 연장을 가지고 나오더니 신경질적으로 처음 몰고 나온 자신의 차를 손보기 시작했다.

벌거벗은 언덕을 따라 한 소년이 썰매를 타고 자동차 쪽으로 왔다. 아이는 아닐린 가루를 한 줌 쥐더니 차 주인의 옷소매를 잡고 물었다. "아저씨, 이게 뭐예요?"

"야야……." 차 주인은 소리를 질렀다. "꺼져, 아니면 그냥안 둘 테니. 신경 건드리지 마!" 차주인은 연장을 허공에 휘둘렀다.

"우리가 프라자슈카에 도착하면 경찰관을 이리로 보낼게요." 야르다는 이렇게 말하며 자리를 뜨면서 되뇌었다. "다이빙…… 자전거 곡예…… 리듬 체조……."

2

올샤니[7]에서는 바람이 너무나 강하게 불어 메마른 나뭇가지들이 깃대처럼 흔들렸다. 공동묘지 교회 옆에서 몸이 꽁꽁 얼어붙은 호른 연주자들이 연주를 하며 손가락을 움직이고 입에 바람을 불어 넣고 있었지만 바람이 나팔 소리를 잡아먹어 거의 아무 소리도 들리지 않았다.

페피크는 안내판을 보고 소리를 질렀다.

"사람들이 어느 방향으로 갔죠?"

악사 하나가 눈을 감고 계속 불면서 악기로 한 방향을 가리켰다······.

---

7   프라하 3구역, 프라하에서 가장 큰 공동묘지가 있는 곳.

"저긴가……." 페피크가 방향을 가리키자 악사는 그쪽이라고 끄덕이며 계속해서 불었고 손가락 끝부분이 잘린 장갑을 낀 손으로 피스톤을 눌렀다.

"이 악사들이 연주하는 게 연필로 살살 글을 쓰는 것 같군." 야르다는 연상을 했다. "하지만 어쩌면 바람 따라 어딘가에 쥬시코프[8] 같은 곳에서 이 강풍이 장례 음악의 톤을 벽에 부딪히게 할지도 모르지. 사람들은 의아해하겠지. '이 장례 음악이 어디서 나오는 거지……?' 아마 저기들 있을 거야!"

"뭐라는 거야?" 페피크는 노래진 귀에 손바닥을 댔다.

"저기들 있을 거라고!" 야르다는 소리를 지르며 빠르게 무덤들을 지나갔다.

그러나 장례 의식은 이미 끝이 났다. 신부는 사각모를 들어 올리며 관에 성수를 뿌렸다. 바람이 너무 세게 불어 장례 조객들은 두 손으로 모자를 움켜쥐었고 성수의 물방울들은 다른 무덤으로 흩어졌다. 얼굴이 보라색이 된 복사(服事) 아이는 십자가를 들고 있느라 낑낑대며 서 있었고 바람에 날리는 깃발은 아이의 뺨을 이리저리 두드리고 있었다.

"여기가 몇 동이래?" 야르다가 물었다.

"로마 숫자 9동!"

---

8   프라하 3구역으로 8구역과 10구역 일부도 포함한다.

"몇 번?" 야르다가 소리쳤다.

그러자 바람 소리를 누르려고 페피크가 있는 힘을 다해 고함을 질렀다.

"로마 숫자 9라니까!"

그런데 그 순간 강풍이 멈춰 장례에 참석한 모두가 이 늦게 도착한 누런 조객을 돌아다보았고, 이 조객은 '요트 9번!'을 외치며 환성을 질렀다.

이온토포레시스

lontoforéza

아연판과 단단히 조인 붕대가 펠릭스 씨의 머리를 바닥으로 눌렀다. 게다가 녹색, 빨간색, 파란색 철사 전선이 관광 안내 지도판처럼 몸에 휘감겨 있었다.

이윽고 펠릭스 씨는 전류가 머리를 통과하는 것을 느꼈고 입안으로 섬광과 뼈 타는 냄새 같은 게 느껴졌다.

"간호사." 펠릭스 씨가 불렀다.

"왜요?" 하얀 커튼 뒤에서 목소리가 들렸다.

"간호사, 내게 이온토포레시스[1] 대신 맥주 먹인 소의 넓적다리 고기로 처방을 바꿔 줄 수는 없어요?"

청동 고리가 달그락거렸다.

----

1   이온 도입법 또는 이온 영동 치료.

"중세 때에는 어떻게 신경 치료를 했는지 아세요? 머리에 몽둥이질을 했죠! 지금 환자분께는 그게 필요해요! 사복을 입고 하시는 일이 뭐죠?" 간호사가 물었다.

"에이전트요. 하지만 지금 난 클라드노[2]에 와 있는 거죠."

"선동 프락치[3]는 아니겠죠?" 간호사는 웃으며 솜을 칼슘 용액에 담갔다.

"아니오. 온수 관련, 폭죽 상품, 불꽃놀이 상품, 벵갈 파이어, 잡화를 취급하는 대리점을 하고 있어요."

간호사는 하얀 시트들을 쌓아 놓은 통 뒤로 사라졌다.

"간호사, 내 말 들려요?" 펠릭스 씨가 물었다.

"듣고 있어요."

"그러다 나는 트루트노프(체코의 도시)로 가서 가게에 들어가 말해요. '공공 관리인은 어디 계시죠?' 여점원은 천장 쪽을 가리키며 말해요. '2층에요.' 나는 그리로 올라가서 자신을 소개하고 무엇보다 폭죽을 가지고 있다고 하죠. 공공 관리인은 의심쩍어했죠. '터진다면 모를까!' 나는 대답했죠. '터지고 꼬리도 칩니다. 시험해 보세요!' 관리인이 하나에 불을 붙였는데 폭죽은 그의 손을 벗어나서 곧바로 인형 자동차로 날아갔

---

2   프라하에서 북서쪽으로 25킬로미터 떨어져 있는 도시로서 저자가 그곳에서 일한 적이 있는데 그의 작품에 자주 배경으로 등장한다.

3   사회주의 정권 시대의 위장 경찰.

고 순식간에 장난감 코너 전체가 불길에 싸였어요. 사람들이 조금 화상을 입은 관리인을 병원차에 싣는데 그가 중얼거립디다. '왜 저 사람 말을 믿지 않았을까?' 재미있었죠, 간호사!"

청동 고리들이 달그락거렸다.

"그게 웃을 일이에요? 아직 머리에 덜 들어갔어요?" 흰 가운을 입은 간호사는 핀잔을 줬다.

"약간." 펠릭스 씨가 대꾸했다. "조금 더 들어가면 나는 두 다리 쭉 뻗고 천국에 가 있겠지요."

"신성 모독 하지 말아요, 입만 열면 거짓말쟁이." 간호사는 장난스럽게 펠릭스 씨의 입을 찰싹 때렸다.

펠릭스 씨는 그녀의 손바닥에서 전류 냄새를 느꼈다.

그러다가 몸을 조금 움직였다.

간호사는 넘어지는 기구를 붙들었다.

"깜짝이야." 간호사는 놀랐다. "이게 얼마짜리인지 알아요?"

"물론이죠…… 60코루나." 펠릭스 씨가 대답했다.

"언젠가 하느님한테 벌 받을 거예요." 간호사는 하얀 커튼과 수북이 쌓인 시트 숲 뒤로 사라졌다.

펠릭스 씨 옆 칸막이의 커튼이 젖혀졌는데 거기에는 한 여자가 엎드려 있었고 물리치료사가 그녀의 등을 마사지하고 있었다.

"간호사, 광석 라디오가 처음 도입되던 날 기억나요?"

"그때 전 아직 태어나지 않았죠. 왜 하느님이 벌을 더 안 주시는지 몰라!" 어디선가 간호사가 뾰로통하게 대꾸했다.

"내가 결혼하고 싶어 해서 벌을 주고 있어요. 그런데 라디오 방송이 시작됐을 때 우리 각자 한동안 이어폰을 받았고 전체 학교가 기다리던 호텔 앞에서 신부님이 담임 선생님과 함께 이리저리 걸어 다니면서 머리를 흔들며 얘기합디다. '모르긴 몰라도 이 획기적인 발명품이 인류에게 안 좋은 결과를 초래할 거야.' 그 말이 맞았어요. 우리는 광석 라디오를 일찌감치 집에 가지고 있었어요. 그런데 할아버지가 이어폰을 끼고 있다는 걸 잊고 창가에 둔 맥주 조끼를 가지러 가는 바람에 라디오가 끌려가 망가졌어요. 할아버지를 두들겨 팰 수는 없어서 아버지는 우리를 두들겨 팼지요. 그게 세상의 정의예요."

"하지만 당신 아내는 당신을 재미있어하겠죠." 간호사는 웃으며 커튼에 가려진 채 앉아 있는 누군가의 머리에서 붕대를 풀었다. 간호사는 창가를 마주 보고 서 있었는데 창밖으로는 아침 해가 비쳤고 간호사가 가운 안에 아무것도 입지 않고 있다는 걸 감지한 펠릭스 씨는 몇 센티미터 정도 벌어져 있는 다리를 보며 즐거워했다.

간호사는 서 있는 상태였고 햇빛은 그녀의 몸을 통과했다.

그때 하얀 문이 열렸다.

먼저 붉은 장미 한 송이가 들어오더니 그 장미를 든 손이, 그다음으로는 파란 트레이닝 바지를 입은 남자가 들어왔다.

"아니, 슈타스트니 씨, 벌써 혼자 돌아다니세요?" 간호사는 소리를 지르며 앞으로 나갔다. 간호사가 붕대를 잡고 있어 그 끝부분에 몸을 구부리고 있던 환자가 베른하르트 수도사처럼 끌려 나왔다. "이건 진전이에요!" 간호사는 기뻐했다.

"자. 꽃 받아요. 내가 살아 있는 게 그쪽 덕분이에요."

그 남자의 목소리는 병목을 통해 나오는 물소리 같았다.

"정말 감사해요." 간호사는 붕대를 말았고 앞의 그 환자는 한 걸음씩 더 앞으로 끌려 나왔다. "슈타스트니 씨, 저희는 최선을 다할 뿐이에요. 잠시 기다리시면 바로 앉혀 드릴게요.!"

펠릭스 씨는 고개를 돌려 누군가 새로 온 남자의 얼굴을 붙잡고 양 뺨을 몇 센티미터 정도 아래로 잡아당기는 걸 보았다. 남자의 오른쪽 눈꺼풀이 간호사가 맥주병에 꽂아 창가에 세워 놓은 장미처럼 빨개졌다.

이제 간호사가 환자의 머리에서 붕대를 풀었고 아연판이 떨어져 나왔다.

"화요일에 다시 오세요." 간호사는 슈타스트니 씨 앞에 무릎을 꿇고 앉아 입술을 앞으로 모아 휘파람을 불며 웃었다.

"듀엣으로 휘파람을 불어 볼까요?" 간호사가 물었다.

슈타스트니 씨는 입가 근육을 움직이려고 애를 썼다.

그러자 간호사가 천천히 휘파람을 불었다.

간호사는 환자가 휘파람 소리를 내기 전에 해야 하는 걸 잘 볼 수 있도록 자기 입을 천천히 움직였다.

그러고 나서 간호사는 휘파람을 불었지만 슈타스트니 씨의 입가 근육은 움직이지 않았다. 슈타스트니 씨는 다시 시도해 보았다. 그와 간호사는 서로 이를 마주했고 간호사는 손가락으로 그의 입 주변 근육을 모았다.

하지만 휘파람 소리는 나지 않았고 슈타스트니 씨는 포기하며 말했다.

"안 되네."

흰색 커튼 뒤에서 알람이 울렸다.

"포기하지 마세요, 슈타스트니 씨, 될 거예요. 반드시 될 거라는 걸 제가 알아요. 여기에 실려 오실 때 모습이 어땠는지만 기억하세요!"

그녀 뒤에서 청동 고리가 울리기 시작했다.

"20년 동안 톱질하며 살았지. 그리고 지금은," 슈타스트니 씨가 말했다. "톱이랑 너무 가까이 있어서 이번에 고전압에 감전된 건지? 하지만 더 이상 예전 같지 않을 테고 언젠가는 그런 사고를 이겨 내지 못하고 휘익……. 그리고 가겠지……."

슈타스트니 씨는 씁쓸하게 말했다.

펠릭스 씨가 물었다. "뭐라고 했지요?"

"휘익……." 슈타스트니 씨가 휘파람을 불었다. "그리고 가겠지."

"뭐라고요?" 펠릭스 씨가 고개를 돌렸다.

"휘익……." 슈타스트니 씨가 반복했다. "그리고 가겠지."

간호사가 밖으로 뛰쳐나와 춤을 추었다. "슈타스트니 씨, 입가 근육이 움직였어요!"

슈타스트니 씨는 거기 앉아서 반복해서 휘파람을 불었다. "휘익……. 그리고 가겠지."

펠릭스 씨 쪽 알람 시계가 울리기 시작했다.

간호사가 전원을 껐다.

"집에 특허받은 로스코프라는 알람 시계가 있어요. 간호사, 시계의 똑딱거리는 소리를 못 견디는 나는 그런 잠동사니를 가지고 있어요. 하지만 밤에는 목도리에 싸서 옷장에 처넣어요. 그 시계가 울리면 이웃집들도 잠에서 깼어요. 그런 시계라고요……." 펠릭스 씨는 말을 멈췄다.

간호사는 펠릭스 씨의 붕대를 풀면서 눈으로는 슈타스트니 씨를 부드럽게 바라보았다. 그녀는 휘파람을 불었고 슈타스트니 씨도 불었다.

그때 녹색 가방에 손을 넣은 창백한 노인이 들어왔다. 그의 뒤로 아내같이 보이는 여자가 따라 들어와 노기에 찬 노인의 등으로부터 몇 센티미터 떨어진 뒤쪽에서 손을 잡고 있었다.

마사지사가 커튼 밖으로 나왔다. 그녀는 땀을 흘리며 숨을 내쉬었고 가슴 단추와 흰 가운을 리듬감 있게 움직였다.

펠릭스 씨는 창가에서 셔츠를 입었다.

아래쪽에서는 프라하가 청동 아기 침대처럼 반짝였다. 한 수척한 남자가 병원 아래 거리를 걸어가고 있었고, 아마도 아내인 듯한 여자가 부축을 했는데 분홍색 쿠션을 들고 계속 두드리고 있었다. 그들은 멈춰 섰다. 남자는 캑캑 기침을 하며 몸을 떨었다. 그리고 여자는 분홍색 쿠션을 두드렸다. 펠릭스 씨는 어쩌면 이 부부는 바로 지금 이 거리에서 사랑에 빠져 이제 가장 가까운 사이가 되어, 이제야 만족스럽게 함께 살 수 있게 된 건 아닐까 하고 생각했다.

펠릭스 씨는 그런 생각을 하다가 머릿속 치료받은 상처가 아파 신음 소리를 냈다.

펠릭스 씨는 슈타스트니 씨가 머리뿐만 아니라 두 팔과 두 다리에도 붕대를 감고 있는 것을 보았다. 그리고 사지에는 색깔 있는 전선들이 연결되어 있었다. 전기의자에 앉아 있는 슈타스트니 씨는 마치 전화 교환원처럼 보였다.

간호사는 완전히 다른 사람이 되어 있었다.

그녀는 마치 소화전에서 물을 마시는 것처럼 몸을 앞으로 구부리며 말했다.

"슈타스트니 씨, 그럼 요오드 마스크를 가지러 오세요. 팬

찮죠?"

슈타스트니 씨는 휘파람을 불며 말했다. "휘익……. 나는 가겠지."

황동 고리가 웃음소리처럼 명쾌하게 울렸다.

펠릭스 씨는 길을 가다가 마지막 쿠폰으로 쇠고기 0.5킬로그램을 사기로 마음먹었다. 그리고 고기를 구워 겨자만 발라 먹기로 했다.

펠릭스 씨는 진열장 앞에서 멈춰 섰다. 진열장에는 돼지 심장이 담긴 그릇과 잘라 놓은 소시지들이 놓여 있었다. 정육점 주인은 가게 안에서 인상을 찌푸리고 서 있었다.

그의 머리 위에는 소 허파가 갈고리에 걸려 있었다. 펠릭스 씨는 안으로 들어갔다.

"제길," 정육점 주인은 눈썹이 갈라져 있었다. "정육점에 고기를 자동차로 가져다주는 건데, 나는 고기를 가지러 도살장까지 가야 한단 말이야!" 그는 돼지 심장을 향해 침을 뱉었다.

"시대도 나쁘고 사람들도 그렇죠." 펠릭스 씨는 조심스럽게 말했다. "그런데 저기 갈비나 뱃살은 없나요?"

"어쩌다가 좋은 고기 한 조각을 얻었소. 만져 보슈!" 정육점 주인은 고기 한 조각을 집어 들었다.

그리고 고기를 저울에 올렸다.

펠릭스 씨는 지난번에 고기에서 냄새가 났던 게 기억났

다. 잠시 주저하다가 발끝으로 서서 소고기 뱃살의 냄새를 맡으려고 몸을 구부렸다.

몸을 바로 세우면서 펠릭스 씨는 그래선 안 되었다는 걸 깨달았다.

정육점 주인은 수리부엉이처럼 보였다.

정육점 주인은 기름진 고기를 집어 펠릭스 씨의 얼굴을 쳤고 고기는 펠릭스 씨의 한쪽 눈에 달라붙었다. 정육점 주인은 늘 옆구리에 차고 있던 식칼을 꺼내 숫돌에 갈기 시작했다. 펠릭스 씨는 거리로 달아났고 정육점 주인은 그의 뒤에서 고함을 지르며 햇살로 달궈진 허공을 향해 칼을 휘둘렀다. "네 똥개 냄새나 맡아!"

그러니까 똥개였던 게, 나이 든 정육점 주인은 언제나 똥구멍을 똥개라고 발음했기 때문이었다.

다이아몬드 눈

Diamantové
očko

한 여행객이 객차의 승강 발판에 한쪽 발을 올려놓는데 누군가 그의 어깨를 잡았다. 여행객이 몸을 돌리자 중년 남자 하나가 플랫폼에 서 있었다.

"실례지만 프라하까지 가세요?" 중년 남자가 물었다.

"그런데요." 여행객이 대답했다.

"그럼, 여기 제 딸 벤둘카를 데려가 주세요. 프라하역에서 역무원이 기다리고 있을 겁니다." 그 딸의 아버지는 여행객의 손에 열여섯 살 정도 되어 보이는 처녀의 손을 쥐여 주었다.

철도 배차원이 호루라기를 불자 여승무원은 처녀가 객차 안으로 올라가도록 부축하더니 출발 준비가 되었다는 수신호를 보냈다. 배차원은 신호기를 들어 올렸다.

딸의 아버지는 출발하는 기차를 따라 뛰면서 딸에게 말했다. "벤둘카, 조심히 가거라! 도착하면 바로 전보를 치렴. 내 말 들리냐?"

"아빠, 들려요. 곧 전보 보낼게요!" 기차가 통과 신호기를 지나자 여행객은 외풍을 등지고 객차 문을 열어 처녀를 통로로 이끌었다. 여행객은 여전히 처녀의 손을 잡고 있었고 당황스러워했다.

객실에서 사람들 떠드는 소리가 들렸다. "정말입니다. 아직 결혼하기 전인 그녀가 내게 셔츠를 사 주려 했어요. 하지만 내 목의 치수를 몰라서 살 수가 없었죠. 그녀는 상점을 나가다가 갑자기 기억이 떠올라 온 상점이 울릴 정도로 외쳤어요. '그이 목을 조르면 내 손 크기가 늘 이 정도예요!' 점원이 줄자를 가져와 양손의 둘레를 재며 말했죠. '40호!' 그 셔츠는 보시다시피 맞춤복처럼 꼭 맞더라고요……."

객실 문이 옆으로 열리는데 머리가 벗어진 승객 하나가 웃으면서 뛰어나오며 소리를 질렀다. "때려 죽여도 시원치 않을 놈!" 승객은 주먹으로 기차의 나무 벽을 쳤다. 그 승객이 흥분을 가라앉히고 객실로 돌아가자 이전의 목소리가 계속 떠들었다. "그녀가 성 니콜라우스 축일에 셔츠로 내게 기쁨을 선사했으니 나는 크리스마스에 모자로 그녀를 놀라게 해 줘야겠다고 생각했지요. 나는 모드 로브(당시 체코 여성 용품점의 일반적 명칭)에 갔어요. '저기 창가에 있는 멋진 모자를 사려고 합니다!' 상점 점원이 묻더군요. '실례지만 치수가 얼마지요?' 나는 그걸 몰랐는데 그러다 기억난 게 있어서 말했지요. '우리가 한 번 다툰 적이 있었는데, 내 약혼녀를 이렇게 한 방 내리친 적이 있어요. 그래서 지금도 그녀의 머리를 기억하고 있어요!' 점원은 아주 한참 동안 이 모자 저 모자를 가져와 내 손바닥 아래에 댔어요. 마침내 내가 소리쳤지요. '바로 이거야!' 나는 모자를 성탄절 트리 아래에 놔두었는데 모자가 요강 위의 궁둥이처럼 약혼녀에게 딱 들어맞더라고요."

그러자 그 대머리 승객이 또다시 객실에서 나오면서 손수건을 입에 대고 캑캑거리며 처녀를 밀치고는 튜바에 걸쳐진 침수건처럼 한동안 창밖으로 머리를 내밀고 있더니 다시 창틀 옆 벽을 주먹으로 두드렸다. "저 녀석 죽여 버려도 시원치 않을 거야!" 그러고는 두 눈을 비비며 객실로 돌아갔다.

처녀의 손을 계속 잡고 있던 여행객이 결심하고 대머리 승객의 뒤를 따라 들어갔다.

"안녕하세요, 제 이름은 벤둘카 크르지슈토바이고 프라하에 가요!" 처녀가 들어가면서 손을 뻗쳐 앞을 더듬다가 익살꾼의 고수머리를 만지자 남자는 자신을 소개했다. "내 이름은 크라사 에밀이오."

"난 바츨라프 코호우테크올시다." 대머리 승객이 말했다.

처녀를 데려온 사나이가 가방을 짐칸 위로 얹다가 대머리 승객의 머리를 쳤다.

"제기랄, 좀 조심하쇼!"

"미안합니다."

"누가 부딪혔어요?" 처녀가 말했다. "흔한 일이에요. 저는 편지를 우체통에 넣곤 하죠. 거기 가는 길을 훤하게 알고 있는데 빌어먹을 집배원들이 우체통을 두 블록이나 가까이 옮겨놓았지 뭐예요. 그래서 그 우체통 모서리에 이마를 부딪혀서 다쳤어요. 그렇지만 흰 지팡이로 망할 우체통을 두 대나 후려쳤어요!"

"경치가 잘 보이게 여기 창가에 앉아요." 대머리가 말하고는 두 눈을 비볐다.

처녀는 좌석을 더듬다가 유리창을 더듬었다. 비가 오는지 확인해 보려는 듯 손을 수평으로 뻗치더니 만족해하며 말했다. "저쪽에는 해가 아름답게 비치네요."

승객들은 조용해졌다.

"역에 있던 분이 아버지였나요?" 처녀를 데려온 여행객이 물었다.

"네, 아빠예요." 처녀는 머리를 끄덕였다. "그런데, 여러분, 우리 아빠는 대단한 사람이에요! 누구나 저를 부러워할 거예요. 우리 아빠는 과수원을 하는데 한번은 화물차로 다리를 저는 이웃 여자 디마츄코바를 쳐서 재판을 받게 되었어요. 아빠를 미워하는 사람들은 기뻐했어요. '하느님께 감사하게도, 크르지슈타가 감옥에 들어가든지 엄청난 벌금을 물게 되겠구먼.' 하고요. 그러나 나이 든 디마츄코바는 지팡이를 짚지 않고 근사하게 빼입고 법정에 와서 아빠의 손에 입을 맞추며 자기를 제대로 치어 줘서 이제 더 이상 절지 않게 된 것에 감사했어요. 다만 30년 전에 자기를 치었더라면 분명히 결혼할 수 있었을 텐데 하며 아쉬워했어요."

"멋진 아버지군요." 고수머리 승객이 칭찬하는 투로 말했다.

"그렇죠?" 벤둘카는 웃으며 손을 뻗었다. 그때 기차는 커브를 돌았고 해는 객실 창문에서 통로 쪽 창문으로 옮겨 갔다.

"해가 넘어갔네요." 처녀가 말했다.

승객들은 서로를 쳐다보고는 고개를 끄덕였다.

"그쪽 아버지는 어떤 사람이에요?" 처녀는 물으며 고수머리 익살꾼의 무릎에 손을 얹었다.

"우리 아버지는 은퇴한 지가 벌써 15년이나 됐는데 유럽에서 제일 큰 심장을 갖고 있어서죠." 고수머리가 말했다. "심장이 양동이만큼 크고 가슴 한복판으로 옮겨져 있어요……."

"설마……." 대머리가 못 미더워했다.

"그거 정말 놀랍네요!" 벤둘카는 감탄했다.

"그럼요. 그래서 아버지는 사후에 심장을 기증하기로 의

과대학과 계약을 맺었어요." 고수머리가 이야기를 계속했다. "외국인들이 아버지의 심장을 사려고 했지만 아버지는 애국자여서 거절했어요. 아버지는 수영하러 다녀도 안 되고, 비행기도 급행열차도 타서는 안 돼요……."

"저는 왠지 알아요!" 처녀가 소리쳤다. "그 유명한 심장이 터지거나 분실되면 안 되기 때문이잖아요." 처녀는 고수머리 익살꾼의 손을 더듬어 찾아서 꼭 쥐었다. "당신 아버지 같은 그런 분은 우리 아빠처럼 이 세상에서 사라져서는 안 되죠!"

"그래요." 익살꾼은 얼굴이 환해졌다. "가끔 아버지와 대학에 가면 아버지를 발가벗겨요. 그러면 교수님이 아버지의 몸에 파란색과 빨간색 연필로 선을 그어요……."

"맞아요, 맞아!" 벤둘카는 신이 나서 말했다. "왜냐하면 그 빨간 선은 동맥이고 파란 선은 정맥이니까요!"

"그래요." 고수머리는 처녀의 손을 두 손으로 감싸 쥐며 이야기를 이어 갔다. "그러고는 아버지를 홀로 데려가는데 거기에서 학생들은 아버지의 누운 몸을 내려다보고 있고 교수는 막대기로 마치 하천 지도인 것처럼 아버지의 몸을 가리키며 설명을 하고 가르치더라고요. 그리고 나서는 확성기를 한 학생의 가슴에 대요……. 그러나 그건 아무것도 아니었죠. 마치 작은북 두드리는 소리 정도나 군화 신은 근무병이 막사 복도를 걷는 소리 같았어요. 하지만 그다음에 확성기를 우리 아버지 가슴에 대면…….”

“그건 마치 멀리서 들리는 천둥소리 같겠지요!” 처녀는 소리쳤다. “마치 바위가 갈라지는 소리! 쏟은 감자들이 지하실로 굴러떨어지거나 에밀 길렐스[1]가 피아노를 치는 소리 같겠지요!”

“정확히 그랬어요.” 고수머리는 놀라며 손가락으로 목깃을 느슨하게 풀었다.

“아, 고귀한 여러분.” 벤둘카는 기뻐서 소리쳤다. “저는 여기 여러분과 함께 있고 누군가 다른 사람도 훌륭한 아버지가 있다는 게 너무 기뻐요!”

기차는 포장도로와 나란히 달리고 있었고 창밖을 내다보던 승객들은 저쪽 고속도로 변에 두 개의 샘이 흘러나오는 커다란 푸른 심장이 그려져 있는 광고판을 보았는데, 그 샘 아래에는 다음과 같은 글귀가 적혀 있었다. ‘건강한 심장을 위한 포데브라디 온천.[2]’

객실 안에는 비밀스러운 기운이 감돌았다.

“본드라체크 교수님은 메스로 그 특이한 심장을 해부하고 싶어 안달이었어요.” 고수머리가 말했다.

---

1   Emil Gilels(1916~1985), 우크라이나 출신으로서 소련 체제 시기 유명했던 피아니스트.
2   중부 체코에서 가장 큰 온천으로 심장병과 당뇨병 치료에 특화되어 있음.

"당연히 그랬겠지요!" 처녀는 웃었다. "보시라, 영광스러운 체코의 심장을!"

"하지만 댁의 아버지만 한 사람이 누가 있겠소." 대머리 승객은 짐칸에서 가방을 내리며 말했다.

"아저씨 말이 맞아요. 우리 아빠를 여러분이 꼭 보셔야 해요. 고귀한 여러분, 아빠가 얼마나 춤을 잘 추는지를요!" 벤둘카는 두 손을 마주 쳤다. "마을 축제 날 우리가 함께 구석을 돌며 춤을 추면 홀 전체가 우리 주위로 빙 둘러서지요. 그러면 아빠는 솔로 춤을 춰요. 아빠에게 어떤 일까지 일어났냐면요! 제가 아직 어렸을 때인데 아빠는 「체르베노빌리」[3]를 신청했어요. 아빠는 그 멜로디에 '젤레노빌리'('초록과 하양'이라는 뜻)라고 가사를 붙여 노래하죠. 왜냐면 우리 축구 선수들이 슬라비아 축구팀이 적백색 유니폼만 입듯이 녹색 유니폼과 녹색 깃발만을 사용하기 때문이죠. 그러자 경찰관이 와서 「체르베노빌리」는 연주 금지!'라는 거예요. 아빠는 100코루나 지폐를 꺼내 악단장에게 주면서 '「체르베노빌리」를 연주해!'라고 했어요. 경찰관은 또다시 「체르베노빌리」는 연주 금지!'라고 했어요. 한동안 페르블 게임(오래된 카드 게임)에서처럼 옥신각신하다가 세 번째로 「체르베노빌리」를 연주해!'라고 하고는

---

3 '붉음과 하양'이라는 무도곡인데 오랜 역사의 브라스 밴드 보제야치(Božej-áci)의 곡으로 유명하다.

경찰의 코에 주먹을 한 방 먹였어요. 고귀한 여러분, 여러분이 아셔야 하는데 그 경찰관은 얻어맞기 전에는 생김새가 흉했고, 코가 오른쪽으로 비뚤어져 있었거든요. 온통 피투성이였어요! 아빠는 그런 다음 「체르베노빌리」에 맞추어 춤추며 '젤레노빌리'를 불렀어요. 난 그 노래를 정말 좋아해요. 이웃들은 이 늙은 크르지슈타가 이번에 큰 사고를 쳤다고 기뻐했지요! 다만 넉 달 후에 재판이 시작되자 멋지게 생긴 경찰관이 아빠를 찾아와서 평소에 코를 얻어맞고 싶어 했고 심지어 때려 달라고 했다고 밝히고는 아빠에게 감사를 표했어요. 왜냐면 자기 코가 왼쪽으로 젖혀져서 얼굴 한가운데에 놓이게 되었고, 부농의 딸이 자기에게 반해 결혼하게 됐다는 거예요. 아빠는 지금도 그 경찰관한테서 마을 축제 때에는 케이크 바구니를 받고 겨울에는 감사 편지 대신 시골에서 직접 도축한 돼지고기를 받는다니까요!" 벤둘카는 매우 흥분하며 소리를 질렀다.

"누가 한 말이더라? 코에 한 방 먹이는 게 가족의 행복을 가져온다고." 대머리 승객이 골똘히 생각하며 코트를 입었다.

"아저씨 아버지는 어떤 분이에요?" 벤둘카가 물었다.

"아가씨, 벌써 이 세상 사람이 아니오!" 대머리가 말했다. "정말 대단한 아버지였지. 얼마나 대단했었는지 이제야, 이 세상에 안 계시니까 알겠소……. 아버지는 줄곧 야간 작업을 했어요……. 아침에 대문이 삐걱거리며 열리면 어머니는 더운물을 대야에 붓지요. 아버지는 그날 일당을 마당에다 내려놓고는……."

"그날 일당이란 게 뭐예요?" 처녀가 물었다.

"탄광에서 집으로 가져오는 무거운 석탄 덩어리요. 광부들은 외투 안에 아주 큰 주머니를 달고 다녀요……. 그다음에 아버지가 안으로 들어와서 옷을 벗으면 어머니는 탁자에 커피 주전자를 올려놓지요. 아버지는 손을 씻고 앉아서 빵 한 조각과 커피를 들면서 멋진 구두로 갈아 신고 옷을 입었소……. 언제나 그렇게 커피를 다 마시고 모자를 쓰고는 모드라 흐베즈다[4]로 친구들과 카드놀이를 하러 갔어요. 정오에 내가 점심 식사를 가져가면 아버지는 그걸 들고 계속 카드놀이를 했어요. 오후 4시에 집으로 돌아와서는 아버지 말마따나 뼈대를 펴기 위해 방바닥에 누워요. 그렇게 자고 나서는 다시 일터로 가요. 그런데 하루는 어머니가 더운물을……."

기차는 속도를 늦추었고 대머리 승객은 벤둘카에게 손을 내밀었다. "아가씨, 행운이 가득하길 바라요. 난 내려야 해요." 그는 통로로 나갔다.

기차가 멈춰 섰다.

벤둘카는 창틀 구리 손잡이를 더듬어 창을 내리고 시골

---

4 '푸른 별'이라는 뜻의 선술집.

역 승강장을 향해 소리쳤다. "아저씨, 이야기를 끝까지 해 주세요!"

대머리 승객은 창 아래에 서서 이야기를 이어 갔다. "어머니는 또다시 더운물을 부었죠. 그런데 아버지가 오지 않았어요. 물이 식자 어머니는 아버지가 어디에 있는지 알아보려고 나갔어요. 문 앞에 아버지의 파이프가 떨어져 있었고……."

기차가 출발하기 시작했고 대머리 승객은 기차를 따라가며 이야기를 계속했다. "어머니는 파이프를 집어 들고 울음을 터뜨리면서 숄을 둘러쓰고 광산으로 갔어요……. 바위가 아버지에게 떨어졌고…… 동료들이 우리에게 알려 주려고 왔다가…… 겁이 나서…… 파이프를 문가에 두고는 달아났어요……. 하지만 아가씨, 나는 우리 어머니가 잠자는 걸 한 번도 보지 못한 거 알아요? 내가 잠이 깨면 어머니는 벌써 일어나 있고 내가 자러 가면 뭔가 수선하고 있었어요……. 어머니가 자는 것을 보게 됐는데…… 그 후로는……." 대머리 승객은 멈춰 서서 한숨을 쉬었다.

벤둘카는 소리쳤다. "아저씨, 제 아빠는 아직 살아 계시는데, 죄송해요. 죄송해요, 죄송해요!"

기차는 커브 길로 접어들었고 해는 통로의 창을 통해서 객실 창으로 옮겨 갔다.

잠시 후 처녀를 데려왔던 여행객이 말했다. "우리 아버지는 피혁공이었는데 당시에 노인성 괴저병을 앓고 있었어요. 그래서 해마다 다리를 조금씩 잘라 내서 휠체어를 타게 되었죠. 그는 취미로 장미를 길렀는데 장미가 피혁 공장 벽을 타고 올라갔어요. 그 장미는 월계화라고 불렸는데 노란색이었어요. 아버지는 장미의 개수를 세어 두었고 자신만이 장미를 잘라서 교회나 젊은 여자들에게 주곤 했죠. 그런데 어느 날 우리 집 벽을 허물어 도로를 만들자 월계화들도 파묻혔어요. 그 때문에 아버지는 죽을 것 같았어요. 그러나 아버지는 다른 취미를 발견했어요. 아버지는 위험한 급커브 길로 가서 교통정리를 한 거죠. 처음에는 손으로, 나중에는 깃발로 했지요. 아침부터 저녁까지, 비가 오는 날에도요. 나는 아버지의 휠체어에 우산을 달아야 했어요. 그렇게 8년. 아버지가 돌아가셨을 때 장례식에 트럭 수백 대가 왔어요. 그 급커브 길에는 꽃다발이 이렇게 높이 쌓였어요!"

"얼마나 높이요?" 벤둘카가 물었다.

"이만큼." 여행객은 처녀의 손을 들어 올리며 덧붙여 말했다. "그 커브 길에 다시 사고가 나기 시작하자 사람들은 커다란 거울 두 개를 설치했죠⋯⋯."

"오, 맙소사! 아저씨한테도 훌륭한 아버지가 있었군요!" 그녀는 소리쳤다. "두 개의 거울로 변신한 아버지가요!"

승객들은 서로를 쳐다보다가 창밖을 내다보았다. 기차는

소도시로 들어가고 있었고 길모퉁이에는 거대한 코안경 같은 두 개의 거울이 걸려 있었다. 그 거울들은 시야가 가려지는 커브 길 양쪽을 반사해 보여 주고 있었다.

객실 안에는 비밀스러운 기운이 감돌았다.

"역에 서 있던 당신 아버지는 무척 홀쭉하더군요……." 처녀를 데려온 여행객이 헛기침을 했다.

"그래요." 처녀는 소리쳤다. "하지만 아빠를 작년에 보셨어야 해요! 호밀빵 덩어리처럼 뚱뚱했었어요! 심장, 간, 위, 신장에 문제도 있었고요. 엄마는 불규칙한 생활의 결과라고 했어요. 의사는 식이요법 처방을 내렸지만 먹는 걸 좋아하는 아빠는 의지가 약했어요. 그래서 언젠가 약초 파는 여자가 충고하기를, 의지가 약하면 경찰한테 뭔가 위협적인 말을 하는 게 유일한 방법이라고 했어요. 정말 운이 좋았어요! 아빠는 경찰에게 붙잡혀 위협적인 진술을 하고 서명했어요. 아빠는 6개월 형을 선고받았고 아빠를 싫어하던 사람들은 하느님께 감사하게도, 다혈질 크르지슈타가 더 이상 자기들을 성가시게 하지 않을 거라고 기뻐했죠. 아빠는 6개월이 지나서 대학생처럼 날씬해져서 돌아왔고 곧바로 기자 회견을 요청해 우벤체 주점으로 모두를 불러 모았어요. "여러분, 제대로 된 교도소가 세상 그 어떤 요양원보다 낫소! 게다가 2000코루나도 모았고 물고기처럼 건강도 되찾았다고요!" 그러고는 아빠는 외투의 단추를 잡아서 앞으로 당기며 외투가 얼마나 헐렁해졌는지 보여주었어요. 뚱뚱한 이웃 사람들은 나이 든 크르지슈타를 능가할 사람이 없다는 걸 인정할 수밖에 없었어요……. 소중한 여러분, 여러분을 초대하는 것이 실례가 되지 않는다면 흐라드차니(체코 올로모우츠주의 한 지명)에 있는 우리 집에 오세요. 매주 목요일 우리 집에서 댄스파티를 열어요. 오셔서 저와 함께 멋진 춤을 춰요! 하지만 오늘로부터 두 달 후에요!"

"춤을 추자고요?" 고수머리가 의아스러운 표정을 짓고 물었다.

"춤을 춰야죠. 저는 이미 성숙한걸요! 의사 선생님이 제가 열여섯 살이 되면 수술을 해 주신다고 했어요. 수술 날짜가 바로 이번 주로 정해졌어요! 그럼 저도 이 아름다운 세상을 보게 되겠지요. 사람들과 사물들과 경치와 제 일을 보게 될 거예요. 제가 만드는 이 바구니들이 얼마나 아름다울까요? 소중한 여러분, 이 세상은 틀림없이 아름다울 거예요!"

"그렇게 생각해요?" 처녀를 데려온 남자가 씩 웃음을 지었다.

"그럼요! 분명 아름다울 거예요." 벤둘카는 소리쳤다. "작업실에서 함께 일하는 루드비크라는 사람이 있는데 우리 작업실에 오기 전에 불행한 사랑을 겪었대요. 그 사람은 눈가를 색연필로 너무 오랫동안 긁어 대서 의사가 그에게 한 번만 더 그

190

러면 이 아름다운 세상을 영원히 못 보게 될 거라고 했어요. 루드비크는 이 아름다운 세상에 더 이상 아무런 관심이 없다고 했어요. 그러고는 또다시 연필로 눈가를 긁어 댔어요. 이제 그 사람은 저와 함께 바구니를 만들고 있어요. 그런데 이 세상이 너무 그리워 개처럼 울부짖곤 해요……. 오, 그러니까 이 세상은 아름다울 수밖에 없어요. 이 세상은 아저씨 아버지의 양동이처럼, 큰 심장처럼 아름다울 거예요. 위험한 급커브 길에서 두 개의 둥그런 거울로 변신한 아저씨 아버지처럼 세상은 그렇게 아름다울 게 틀림없어요. 소중한 여러분, 저는 두 달 내로 앞을 보게 될 테니 저와 춤을 추고 축하해 주러 오시겠어요?"

객실 문이 옆으로 열렸다.

"차표 보여 주세요." 젊은 여자 검표원이 하품을 하며 말했다.

간이주점 '세계'

Automat Svět

간이주점의 유리 벽을 타고 저녁 비의 은빛 물줄기가 흘러내리고 있었다. 행인 몇 명이 모자나 우산을 움켜쥔 채 고개를 숙이고 교외 광장을 가로질러 걸어갔다. 주점 2층 별실에서 음악 소리와 함께 시끄럽게 떠들어 대는 소리가 흘러나오더니, 곧바로 웃음소리가 터져 나왔다. 나이가 꽤 들어 보이는 웨이트리스가 잔 두어 개에 생맥주를 채우고는 화장실 쪽으로 걸어갔다. 화장실 문을 열자, 바닥에서 1미터 정도 위에, 작은 물방울무늬 여자 구두가 허공에 매달려 있는 것이 보였다. 그 위로 빨강 노랑 체크무늬 치마 속에 꽂혀 있는 두 다리와, 소매 사이로 삐져나온 맥 풀린 양손과, 아래쪽으로 축 늘어진 젊은 여자의 머리가 보였다……. 여자는 레인코트의 허리띠를 환기창 손잡이에 걸고 목을 맨 것이었다. "나원……." 나이 든 웨이트리스는 혀를 차며 접는 사다리를 가져와, 다른 웨이트리스에게 여자를 밑에서 받치게 하고, 소시지를 써는 긴 칼로 허리띠를 잘랐다. 그러고는 여자를 어깨에 둘러메고 주방 뒷방으로 옮겨 탁자에 내려놓은 다음, 목에 감겨 있는 허리띠를 풀었다. 죽은 여자는 멍하니 허공을 올려다보고 있었다. 한 남자가 간이주점의 유리 벽 밖에 서서 비를 맞으며 이 광경을 들여다보고 있었다. 웨이트리스는 광목 커튼을 쳐 버렸다. 그때 구급차가 도착했다. 젊은 의사 한 명이 주점 안으로 뛰어 들어왔고, 조수 두 명은 밖에서 들것을 꺼내고 있었다. 의사는 여자의 가슴에 귀를 대 보고 손목의 맥을 짚어 본 후, 밖을 향해 들어올 필요 없다는 손짓을 했다. "우린 여기 있으나 마나입니다." "그럼, 저 여자를 어쩌죠?" 웨이트리스가 물었다. "처리반이 올 겁니다." "그럼 빨리 좀 오게 해요. 여긴 식당이잖아요." "그럼 잠시 문을 닫으시죠." 의사는 다시 빗속으로 뛰어나갔고, 요란한 소리가 나며 구급차에 시동이 걸렸다. 주점 2층 별실에서 음악 소리와 함께 시끄럽게 떠들어 대는 소리가 흘러나오더니, 곧바로 웃음소리가 터져 나왔다. 밖에서는 하나둘씩 모여든 행인들이 유난히 하얗고 커 보이는 손바닥을 유리 벽에 대고, 호기심 가득한 눈을 번뜩이며 식당 안을 들여다보고 있었다. 그때 키가 무척 큰 청년 한 명이 문 앞으로 다가왔다. 비에 흠뻑 젖은 그의 옷

양 소매는 골목마다 벽을 훑고 다닌 듯 하얗게 해져 있었다. 그는 손잡이를 당겨 보고는 다시 가려고 했다. 웨이트리스가 문을 열어 주었다. "들어와요. 와서 얘기나 좀 합시다." 그가 들어서자, 웨이트리스는 두 손을 크게 한 번 마주 쳤다. "전차에 받히기라도 했수? 아니면 낭떠러지에서 떨어졌든지." "더 나쁜 일이에요. 그저께 약혼녀가 달아났어요." 그는 지저분한 손으로 눈 주위를 훔쳤다. "약혼을 했었수? 한 번도 여자와 다니는 걸 못 봤는데." 웨이트리스는 의아해하며 빈 술잔들을 설거지통에 담갔다. 그리고 다시 술잔에 맥주를 가득 채워, 뒤쪽에 있는 음식 운반용 승강기에 넣고는, 문을 닫고 버튼을 눌렀다. 맥주 한 잔을 물기 묻은 바 테이블 위로 올려놓고 주욱 밀자, 바로 청년의 손 앞에서 멈췄다. 청년은 맥주를 들이마시고는, 구두를 의자의 놋쇠 발걸이에 문질러 닦았다. 그는 구두에서 떨어지는 물방울을 바라보았다. "그 애는 달아나 버렸어요. 저녁 먹을 때 돌처럼 딱딱해진 빵을 썰다가, 자기는 유복한 집안 딸이라며 대뜸 소리를 지르더군요. '카를리크, 너희 엄마 아가리에 수류탄을 처넣으면 속이 후련하겠어!'라고 말이에요. '결혼도 하기 전에 그런 식으로 말하지 마.'라고 말하며 달래 보려고 했죠. 그랬더니 그 애가 칼을 집어 들고는, 날이 뭉뚝해진 접이식 칼이었어요, 문에다 콱 꽂는 거예요. 그러다 칼이 접혀 손을 베였죠. 난 그 애가 창밖으로 뛰어내리지 못하게 미리 창문을 걸어 뒀어요. 그 애는 담배꽁초를 찾아다니는 거리의 청소부처럼 자살에 환장한 애였거든요." "돌처럼 딱딱한 빵을 저녁으로 먹었다고요?" 웨이트리스는 의아해하며 물었다. "그래요. 그런데 그 애는 난데없이 같이 죽어 버리자는 거예요. 나더러 '야, 카를리크, 창문을 열어젖히고, 서로 손을 꼭 붙잡고 뛰어내리자!'라고 하더군요. 우리는 목욕도 하고, 옷도 제일 좋은 걸로 갈아입었어요. 행여 어떤 아이의 머리 위로 떨어지지나 않을까 마당을 내려다봤죠. 그런데 어느 집 안테나가 재수 없게 밖으로 내걸려 있어서, 우리가 살고 있던 4층에서 뛰어내리면 분명히 그 철사 줄에 귀나 코가 잘릴 것 같더라고요." 그의 입 주위로 맥주 거품이 가느다란 수염처럼 흘러내렸다. "하지만 나중에 어떻게 보이든 그거야 마찬가지 아니우." 그러면서 팔짱을 끼는 웨이트리스의 모습은 농림부 청사 앞에 서 있는 동상만큼이나 근사해 보였다. 주점 2층 별실에서 음악 소리와 함께 시끄럽게 떠들어 대는 소리가 흘러나오더니, 곧바로 웃음소리가 터져 나왔다. "제가 탐미주의자라는 것만 말씀드리죠. 그 애한테는 상관이 없을지 모르지만요. 언젠가 한번은 자기 레인코트의 허리띠로 목을 맸는데, 겨우 살려 냈어요. 그랬더니 그 애는 '이 웬수야, 거의 갔었는데 왜 살려 놓은 거야!'라고 악을 쓰며 덤비는 거예요. 그때 옆집 사람들이 문을 두들

기며 '카를리크 씨, 무슨 일이에요? 우리 집에는 애들이 살잖
아요!'라고 소리치니까, 내 약혼녀가 '당신네 애새끼들 전부
때려죽이고 이따위 집구석 확 불 질러 버릴 거야!'라며 악을
쓰더군요. 그 애를 말리려고 손과 발을 붙잡아 몸을 돌리려고
했는데, 잘못해서 그만 그 애 머리가 쾅 하고 문짝에 들이받
힌 거예요. 열쇠 구멍으로 방 안을 들여다보려고 복도에 쪼그
려 앉아 있던 옆집 아줌마를 깔고 넘어지면서 말하기를 '이봐
요, 아줌마? 카를리크하고 내가 우리 집에서 우리 하고 싶은
대로 하는데 웬 참견이에요? 안 그래, 카를리크?' 그러더라
고요." 청년은 입가에 웃음을 지었다. 그의 눈은 전보 용지의
테두리처럼 붉게 충혈되어 있었다. "아이고, 저 난리들 좀 봐
요. 저치들이 이젠 아예 의자까지 들고 나왔네!" 웨이트리스
는 술잔에 맥주를 조금 부어 유리 벽 앞으로 들고 갔다. 구경
꾼들은 억수같이 퍼붓는 비 속에 서서 서로 수군대고 있었고,
몇몇은 의자에 앉아 난롯불을 쬐듯 유리 벽에 손바닥을 갖다
붙이고 있었다. 그 모습이 어쩐지 괴물 같았다. 맥주를 한 모
금 입에 문 웨이트리스는 유리 벽에 가까이 다가가 바깥을 내
다보고는, 뒤로 약간 물러서더니 빨래에 물을 뿌리듯, 투명한
유리 벽을 향해 내뿜었다. 맥주 거품이 그들 얼굴 위로 유리
벽을 따라 흘러내렸다. "프라하 것들이라니, 원." 웨이트리스
는 기가 막힌다는 듯 어깨를 움츠렸다. 그녀는 다시 주방으로

돌아와 술잔들에 맥주를 채웠고, 그중 하나를 물기 묻은 바 테이블 위로 주욱 밀자, 맥주잔은 바로 청년의 손 앞에서 멈 췄다. "나 참, 난 어디에나 꼭 낀다우. 작년에는 철길을 따라 걸으며 산책을 하는데, 맞은편으로 웬 처녀 한 명이 걸어갑 디다. 기차가 다가오자 그 처녀가 냅다 뛰어들지 않겠수. 곧 바로 기관차 밑에서 그 여자 머리가 내 다리 쪽으로 굴러오더 라고요. 아직 눈을 깜빡거리면서 말이우!" 그때 청년은 아래 로 젖혀진 발재봉틀처럼 몸을 웅크린 채 생각에 잠겨 있었다. "그 애를 이대로 포기하진 않을 겁니다. 최소한 그 애가 불감 증에 시달리는 바람에 체코의 도안을 유명하게 만든 셈이니 까요. 나한테 정상적인 여자가 무슨 필요가 있겠어요? 같이 잠이야 자겠지만, 예술 도안은 볼 장 다 보는 셈이지요." 그는 잔을 들고 술을 마셨다. 맥주가 그의 와이셔츠 위로 흘러내렸 다. 주점 2층 별실에서 음악 소리와 함께 시끄럽게 떠들어 대 는 소리가 흘러나오더니, 곧바로 웃음소리가 터져 나왔다. 거 품이 말라붙은 빈 잔을 실은 승강기가 별실에서 일정한 간격 으로 계속 내려왔다. "그 애는 늘 나를 미친놈이라고 몰아붙 였어요. 근데 내가 만일 정말 미쳤다면, 어떻게 공장에 나가 이 손으로 0.01밀리미터도 틀리지 않고 정확하게, 제트기 기 체의 프로필과 후진 브레이크를 그릴 수 있겠어요……." "아 유, 정말 지긋지긋해." 웨이트리스는 차츰 화가 나기 시작했다. 몇몇 구경꾼들은 미끈거리는 피나무 가지 위에 올라앉아, 전차를 타는 것처럼 팔을 들어 나뭇가지를 붙잡고 있었다. 그 위에서 그들은 목을 매고 죽은 여자가 누워 있는, 광목 커튼이 약간 젖혀진, 간이주점의 뒷방 창문을 내려다보고 있었다. "난 사고가 벌어진 곳에는 빠진 적이 없수." 웨이트리스는 넋두리를 늘어놓았다. "한번은 이런 일도 있었다우. 칠흑같이 어두운 밤이었는데, 난 크르챠크 숲(프라하에 있는 숲)을 따라 걸어가고 있었수. 그러다 길에서 벗어나는 바람에, 오를로이의 눈먼 하누시[1]처럼 손으로 덤불을 더듬는데…… 아 글쎄, 차가운 사람 손이 손에 잡히지 뭐유. 성냥을 켜서 높이 쳐들어 보니…… 목을 맨 젊은 남자가 나를 보며 혀를 죽 내밀고 있지 않겠수……. 그건 그렇고, 밖에는 정말 비가 잘도 퍼부어 대는구먼!" 그녀는 구경꾼들의 머리 위 가로등으로 시선을 돌렸다. 뒤쪽에 서 있는 아카시아 나뭇가지가 바람에 수그러졌고, 그 때문에 조명이 켜진 성(城)의 벽시계가 시야에 들어왔다. 주점 2층 별실에서 음악 소리와 함께 시끄럽게 떠들어 대는 소리가 흘러나오더니, 곧바로 웃음소리가 터져 나왔다. 비에 흠뻑 젖은 작업복 차림의 청년 한 명이 유리문 밖에 나타나, 빈 병이 담긴 상자를 손으로 가리켜 보였다. "야,

1   '오를로이'는 프라하 구시가 광장에 있는 유명한 천문 시계이며, '하누시'는 오를로이의 제작자로 알려진 전설적인 인물이다.

멋쟁이네, 멋쟁이. 웬 멋을 이리 부렸담?"우리 공장에서는 요즘 이게 유행이라고요."공장 근로자가 말을 받았다. "애들이 꼭 카바레에 나가는 사람들처럼 쫙 빼입고 일하러 나와요. 한때는 일부러 헝겊을 덧대어 붙인 작업복이 유행한 적이 있었어요. 작업장이 무슨 부랑자들의 무도회장처럼 얼뜨기 패션으로 난리였다니까요. 그다음에는 전깃줄을 칭칭 감아 꿰맨 작업복들을 걸치기 시작했죠. 온 공장이 꼭두각시 놀이판처럼 달그락거렸다고요. 근데 요샌 걸레 구두가 인기예요."그는 밑창이 없는 작업 구두를 보여 주었는데, 구두에는 끈 대신 구리철사가 매어져 있었다. "또 한쪽 바지통은 톱니바퀴에 물려 찢어지거나 뜯어져 있어야 돼요."젊은 공장 근로자는 자기 모습이 잘 보이도록 약간 옆으로 비켜서 주었다. "정말 기생오라비가 따로 없구먼 그래!"웨이트리스는 추켜세워 주면서, 맥주가 가득 담긴 병을 상자에 꽂았다. "여자애들은 꼭 영화배우들처럼 잔뜩 꾸미고 출근한다니까요. 요샌 앞창이 터지고 목이 긴 고무장화를 신고 다녀요."젊은 공장 근로자의 비에 젖은 빨간 머리가 위쪽으로 감겨 올라가 구리로 만든 머리핀처럼 빛나고 있었다. "근데, 아줌마. 저 사람들은 빗속에서 뭘 기다리고 있는 거죠?""위층에서 결혼 피로연을 해요."웨이트리스는 눈으로 천장을 가리켰다. 그러고는 한껏 멋을 부린 공장 근로자를 다시 한번 훑어보았다. 그는 엄지손가락으로 흘러내리는 외줄 멜빵을 계속 잡아당기고 있었다. 그가 가고 나자, 웨이트리스는 다시 키 큰 청년에게 물었다. "어때요? 공장은 아직 다닐 만해요?" "그럼요. 난 그 애와 공장 없이는 살 수 없어요. 공장에선 나한테 첫 전시회도 열어 줬는걸요!" 그의 표정이 한결 누그러졌다. "그전에 선전 담당관하고 다퉜는데, 밤에 글쎄, 그 작자가 내 작품들을 홀에다 그냥 내다 걸라잖아요. 그래서 그곳에 몰래 들어가 '공장 생활의 촉감적 경험'이라는 주제의 내 작품들을 패널에다 그냥 붙여 버렸죠. 아침에 그걸 본 담당관이 화를 내서, 서로 밀고 당기고 하다가, 내가 그 작자의 양복을 잡아 뜯고……. 하지만 전시회는 제대로 열렸어요. 근로자들도 마음에 들어 했고. 문화 행사가 열릴 때마다 언제나 그렇듯이 시각 장애 아이들이 노래를 불렀고, 그 애들 머리 위로는 공장 발코니를 덮는 커다란 현수막이 걸렸지요. '두 눈을 부릅뜨고 단결을 사수하자!'라고 적혀 있는 현수막이었어요. 요즘 공장 지도부는 내 첫 작품전이 우리 공장에서 열린 것에 대해서 우쭐하고 있죠……. 2층 별실에서 음악 소리와 함께 시끄럽게 떠들어 대는 소리가 흘러나오더니, 곧바로 웃음소리가 터져 나왔다. 흰 면사포를 쓴 신부가 맨 앞에 서서 내려왔다. 젊은 그녀의 눈은 술기운으로 벌겋게 달아올라 있었다. 그녀는 뒤로 돌아 신랑을 잡아끌었다. 신랑 신부의 들러리들은 계단

간이주점 '세계'

난간에 기대어 내려오다 드레스 자락을 밟고 휘청거렸다. 신부는 노래를 부르며 박자에 맞춰 부케를 두들기면서 지그재그형 계단을 내려와, 구경꾼들이 서 있는 쪽을 향해 다가가다가 은빛 비가 내리는 바깥으로 뛰어나갔다. 양팔을 벌리고 고개를 뒤로 젖힌 그녀의 머리와 면사포는 퍼붓는 비에 젖어들었고, 빗물은 그녀의 아름다운 몸의 윤곽을 고스란히 드러냈다. 신랑과 하객들이 환호성을 지르며 뒤따라 나갔다. 그들은 반대편 보도 위에 일렬종대로 맞춰 섰다. 신부가 몸을 돌려 꽃송이가 다 떨어져 나간 부케를 들고, 노래의 박자에 맞춰 걷기 시작했다. "즐거운 결혼식이니 당연히 저래야지." 맥주 상자를 내려놓으며 웨이트리스가 말했다. "한데, 어제 약혼녀가 도망갔다고 그랬수?" "아니, 그저께요." 청년은 빨갛게 충혈된 눈을 문질렀다. "놀랄 일도 아니에요. 그 애는 '홍색소설문고'[2]를 독파했고, 유명하다는 남자들의 이력을 꿰고 있었어요. 그래서 나더러 방 두 개를 마련하고 손님도 청하고, 저녁때 취미 삼아 예술 도안을 하라는 거예요. 그러더니 옛날 이야기와 앞으로의 이야기를 하면서 계속 날 위협하더군요. 옛 애인들은 자기한테 어떻게 해 줬다느니, 700년 묵은 족보를 가진 부모님한테 돌아가 버리겠다느니 하면서 말이에요.

---

2   붉은색으로 장정된 체코 통속 연애 소설 선집.

조상 중에 누구는 교황의 밀실 담당관이었다나요. 그런데, 가불한 돈이나 전당 잡혀 얻은 돈을 그 애와 이틀이면 다 날리는데 무슨 수가 있겠어요? 그래서 저녁 식사로 딱딱한 빵을 먹었던 거고, 때로는 그 애가 빈 병을 갖다 팔거나, 자기 옷을 고물 장수에게 내다 팔기도 했던 거죠. 물론 그런 식으로 갈 데까지 가 보며 사니까 짜릿하기도 했지만요." 그때, 경찰관 두 명이 문을 열고 들어왔다.

"마침 잘 오셨어요." 경찰관들은 장화를 벗어 빗물을 쏟아 버렸다. "아 글쎄, 저 미친 작자들은 여기 무슨 커다란 구경거리라도 생긴 줄 아는 모양이에요." 웨이트리스는 입을 다문 채 호기심으로 눈만 반짝거리고 있는 구경꾼들을 손가락으로 가리켰다. "저 인간들 때문에 미치겠어요. 처형장 구경이나 좋아하는 저런 작자들을 뭐에다 쓸까!" 그러다가 조금 젊어 보이는 경찰관을 쳐다보고는 놀라며 물었다. "어디에서 축구 하다 공에 맞기라도 한 거유?" 젊은 경찰관은 작은 손거울을 꺼내 멍든 눈두덩을 살폈다. "그 여자가 발을 걸어 나를 넘어뜨렸어요." 선임 경찰관이 끼어들었다. "그러게 내가 뭐랬나? 남의 잔칫집 술판엔 끼어드는 법이 아니라고 했잖아. 말이 꼬리에 꼬리를 물다 보니, 신랑한테 외눈 안경 하나를 선사 받은 꼴이 됐지." "하지만, 내가 그 친구를 감방에 처넣고 철컥 문을 잠가 버렸죠!" 시늉을 해 보이던 젊은 경찰

관은 다시 손가락으로 눈두덩을 어루만졌다. "그래, 그 처녀
는 어디에 있죠?" 선임 경찰관이 물었다. "이쪽이에요." 웨이
트리스는 광목 커튼을 젖혔다. 그 순간 하얀 손바닥으로 가
득 찬 유리 벽이 보였다. 그 사람들의 등에는 그 뒤에 서 있는
사람들의 손바닥이 달라붙어 있었다. 구경꾼들 가운데 몇 사
람은 억수같이 퍼붓는 비 속에서 가로등 기둥에 매달려 있었
고, 어떤 노인은 빨간 엉덩이의 파비안 원숭이처럼 피나무 가
지 위에 서 있었다. 장대처럼 퍼붓는 빗발에다 바람까지 사정
없이 내리쳤다……. 젊은 경찰관은 수첩을 꺼낸 후 종이 뒤
에 붙어 있는 먹지를 제대로 맞추고 있었다. 웨이트리스는 유
리 벽 앞으로 다가가서 한 구경꾼의 얼굴을 향해 침을 뱉었
다. 그러나 그 사람은 미동도 하지 않았고, 타액은 우윳빛 눈
물처럼 유리 벽을 타고 흘러내렸다. "내가 우리 아버질 쇠사
슬로 때려죽이기라도 한 줄 알아?" 웨이트리스는 소리를 지
르며 다른 구경꾼의 이마 앞 유리 벽을 손가락 마디로 두들겼
다. 화를 내며 자리로 돌아온 그녀는 앞치마를 풀어 던져 맥
주 꼭지를 덮어 버리고 나서, 탑처럼 높이 감아 틀어 올린 긴
머리카락을 늘어뜨렸다. 머리핀을 입에 물고, 무게가 5킬로
그램 정도 되는 커다란 성탄절 빵을 빚듯, 머리 다발을 만들
어 얹고는 다시 머리핀으로 고정했다. 그녀는 주방의 뒷방으
로 들어가 의자에 앉았다. "이리 와서 이 여자의 블라우스 단

추를 풀어 봐요. 증명서도 안 갖고 있고, 현찰은⋯⋯ 30할레
르시[3]⋯⋯." 그때 신부가 유리벽 앞으로 달려와서는 손가락
으로 가볍게 두드렸다. 청년이 문을 열어 주었다. 안으로 들
어온 신부는 은색 구두를 벗어 빗물을 쏟아 버렸다. 면사포는
색이 바랬고, 아이섀도가 지워져 흘러내렸다. "어쩔 거죠? 그
사람 놔줄 거예요? 안 놔줄 거예요?" 신부가 물었다. "못 놔줍
니다." 젊은 경찰관이 대꾸했다. "왜 못 놔줘요?" "공무집행
방해쵬니다." "별로 당한 것도 없잖아요?" 신부는 몸을 굽혀
물이 흘러나오는 수도꼭지에 입을 대고 물을 마셨다. "눈이
먹지처럼 시퍼렇게 멍들었다고요." 조그만 둥근 거울을 다시
들여다보며 젊은 경찰관이 말했다. "그러니까 우리를 그냥
놔뒀어야 했잖아요. 당신이 먼저 시작했어요. 이제 그만 끝
내요⋯⋯. 언제 풀어 줄 거죠?" "내일이나⋯⋯." "그럼 여기
서 당신을 기다리겠어요. 나하고 같이 자야 해요. 난 첫날밤
을 혼자 보내긴 싫다고요." "당신은 내 취향이 아닙니다." 젊
은 경찰관이 말을 끊으며 일어섰다. "치, 여기 다른 사람들도
있어요." 신부는 왈츠를 추듯 청년을 향해 몸을 돌리며 물었
다. "이봐요, 내가 맘에 드나요?" "듭니다. 달아나 버린 내 약
혼녀하고 정말 닮았군요. 내가 살던 지하실로 처음 왔던 때의

---

3   체코의 화폐 단위. 1코루나는 100할레르시이며, 거의 무일푼 상태라는 의미다.

그 애 얼굴과 똑같아요. 아이들 인형 가방 같은 것을 들고 있었던 그 애는 지금 당신처럼 그렇게 맨발이었죠. 다만 앞창에 작은 물방울무늬가 장식된 구두를 손에 들고 있었고, 머리는 코스토플라티[4]의 소년원에 있는 애들처럼 짧게 커트한 그런 머리였는데, 당신도 그 모습이군요. 게다가 눈의 흰자위가 푸른 아연 빛을 띠는 것도 똑같고. 당신, 마음에 들어요. 내 타입이에요." "나도 당신이 마음에 들어요." 신부는 은색 구두 굽에 물을 받아서는 잔처럼 들어 올려 맛 좋게 마셨다. "입맛이라는 건 거역할 수가 없는 거죠." 여자는 그렇게 말하며 혀로 입술을 핥았다. 젊은 경찰관은 자리를 잡아 앉았고, 선임 경찰관은 커튼을 좀 더 젖힌 후 받아 적게 했다. "신원 미상의 여인. 신장, 대략 160센티미터. 빨강 노랑 체크무늬 치마 차림에, 신발은 작은 물방울무늬 검정 구두. 분홍색 블라우스에는 각진 칼라가 달렸으며, 칼라 테두리에는 작은 장미 장식이 있음……." 청년과 신부가 산호초처럼 퍼부어 대는 저녁 비 속으로 나가 버렸고, 젊은 경찰관이 일어나 문을 닫았다. 다시 돌아와 앉은 젊은 경찰관은 선임 경찰관이 부르는 대로 받아 적었다……. 잠시 후 처리반 차가 도착했다. "그 애가 처음 날 찾아왔을 때에는." 청년이 말했다. "안 들려요!" 신부는 크게

4 체코 님부르크 근처의 지명으로, 저자가 기차역 직원으로 근무한 적이 있던 곳이다.

소리를 질렀지만, 바람은 그녀의 입에서 나오는 말을 낚아채 갔다. 청년은 그녀의 귀에다 대고 외쳤다. "그 애가 날 찾아왔을 때, 난 친구의 데스마스크를 만들고 있었어요. 그러자 자기한테도 그런 마스크를 만들어 달라는 거예요. 그러면 다시 새로운 인생이 시작될 거라면서요. 난 그 애를 책상 위에 눕히고, 바셀린을 바른 다음, 신문지로 코를 막고 얼굴에 깁스를 부었죠……. 목에는 교살당한 것처럼 손수건이 묶여 있고…… 난 그 애의 손을 꼭 쥔 채, 지진계의 기록처럼 뛰는 그 애의 심장고동을 느꼈어요……." "멋있군요!" 바람은 그녀의 면사포를 벗겨 순식간에 검은 하늘로 날려 보냈다. 청년은 가로등 불빛 아래 멈춰 서서 작은 공원을 바라보고 있었다. 돌풍이 불어 어린 포플러 나무들을 받침대에서 밀쳐 냈고, 휘어진 나무의 잔가지들은 빗물 웅덩이에 잠겨 흔들리고 있었다. "이 나무를 받치고 있어요!" 청년은 소리를 지르며 자기 넥타이를 반으로 찢어, 나무를 받침대에 단단히 묶었다. "이 나무가 당신하고 무슨 상관이 있어요?" 신부가 소리를 질렀다. "계속 받치고 있으란 말이에요!" "이 나무가 당신하고 무슨 상관이냐고요?" "부러질 것 같으니까 그러죠." "그럼 부러지라죠? 그게 무슨 상관이에요?" "이 나무는 공공의 소유죠. 하지만, 내가 생각하고 행동하는 것이 나만의 것이 아니라 공공의 소유가 되는 것처럼, 이 나무 역시 내 것이라고도 할 수 있

어요! 나는 공중화장실이나 공원과 마찬가지로 공공의 것일
수 있고요." 청년은 소리를 지르며, 마치 오케스트라 지휘자
처럼 커다란 몸짓으로 비에 젖어 더러워진 신부의 드레스 단
을 찢었고, 그 비단 천을 다시 줄줄이 찢어 긴 끈으로 엮었다.
"그 깁스가 말랐을 때," 그는 다시 외쳤다. "끈을 쓰지 않고서
는 떨어지지가 않더라고요. 그래서 머리카락을 반 이상 잘라
내야 했고, 그게 우리를 가깝게 만들어 주었죠. 그 애는 그 데
스마스크를 통해 새로운 인생이 시작될 거라고 하더군요. 사
흘 동안 그 애는 내게 고해를 했고, 나는 그 고해를 듣다가 벽
에 머리를 찧을 수밖에 없었어요. 마침 지하실 벽에 바르려고
타르 한 통을 갖고 있었는데…… 고해를 받는 입장에서 나는
타르에 붓을 축여, 그 고해의 성격에 따라 하얀 벽에 붓질을
했죠. 그 애가 토하려고 양팔을 부축 받으며 화장실로 끌려
간 일, 어떤 놈한테 버림받은 이야기, 밤새 스트로모프카 공
원(프라하에 있는 공원)에 누워 고통스럽게 진흙을 씹어야 했
다는 그런 이야기를 들으면서 말이에요……. 그렇게 그 애는
스스로 하얗게 될 때까지 검은 고해를 계속했고, 나는 흰 벽
에 검정 타르 한 통을 다 칠했죠. 옷 조각, 더 없어요? 끈이 다
떨어졌는데?" "자, 여길 찢어요." 신부는 어깨를 들어 올렸다.
그는 마치 나뭇가지를 꺾듯이, 아니면 전차 운전사가 종을 울
리듯이 단번에 힘차게 드레스의 나머지를 뜯어냈다. 번개가

번쩍였고, 신부는 반라의 몸으로 공원에 서 있었다. "이봐요, 내게도 데스마스크를 만들어 줘요!"

보후밀 흐라발(1988년)

이야기꾼들의
자유로운 상상 속으로

송순섭

보후밀 흐라발은 야로슬라프 하셰크, 카렐 차페크, 밀란 쿤데라와 더불어 20세기 체코 소설을 대표하며 대외적으로 가장 잘 알려진 작가다. 20세기 체코(1993년 이전까지는 체코슬로바키아)는 오스트리아로부터의 독립, 2차 세계대전 때 나치 독일의 합병, 사회주의 정권의 통치, 민주주의 체제의 복원, 슬로바키아와의 분리 독립 등 많은 변천을 거쳤다. 흐라발은 이 시기를 살면서 체코인들의 삶을 묘사하며 그들의 큰 사랑을 받는 작품들을 남긴 작가다.

먼저 작가의 삶을 살펴보자. 흐라발은 아직 오스트리아-헝가리 제국의 일부였던 체코 모라비아 지방 브르노시 교외 지데니체(židenice)에서 1914년 3월 28일에 태어났다. 어머니 마리에 킬리아노바(1894~1970)와 아버지 보후밀 블레하

(1893~1970)는 이웃에 살며 어릴 적부터 친하게 지내는 사이였다. 그러나 킬리아노바가 임신을 했는데도 그녀의 부모는 오스트리아 군인이 되기로 한 블레하와의 결혼을 허락하지 않았다. 이런 이유로 흐라발은 태어났을 때 어머니 집안의 성을 따라 보후밀 프란티세크 킬리안이라는 이름을 받았다.

블레하는 1차 세계대전이 발발하자 이탈리아 전선으로 떠났다. 보후밀 킬리안의 세례식에는 생부와 친구 사이였던 프란티세크 흐라발(1889~1966)이 참석했다. 그는 마리에가 폴나에 있는 맥주 공장에서 일하다가 그리로 일하러 오자 그녀와 결혼했다. 이후 보후밀은 오늘날까지 알려진 보후밀 흐라발이라는 이름으로 살았다.

작가와 생부와 의부의 이름이 겹치는 것이 흥미롭다. 흐라발의 부모는 연극 활동을 하기도 했는데 1918년에는 어린 흐라발이 출연하기도 했다. 1919년 8월 흐라발 가족은 아버지가 맥주 공장 매니저 일을 얻게 되어 엘베 강가의 님부르크로 이주했다. 이러한 가족사에 대해 "내게 진짜 아버지는 어릴 적부터 나를 돌보고 키우며 공부를 하게 해 주신 분인 프란친(아버지의 애칭)뿐이지 그 누구도 아니다."라고 회상하듯 흐라발은 이 가족을 진정한 가족으로 여겼던 것 같다.

생부인 보후밀 블레하는 부상으로 전역해 연금 생활자로 살다가 2차 세계대전 때에는 레지스탕스로 활동해 여러 번 체포되어 재판을 받았고 전후에는 무공훈장을 받았다. 그러나 보후밀 흐라발과는 한 번도 만난 적이 없었다. 흐라발은 가족을 자신의 작품에 등장시키기도 했는데, 특히 달변가이자 이야기꾼인 삼촌 요세프 흐라발은 ─ 여러 소설에서 중요한 역할을 하는 '페핀 아저씨'(페핀은 요세프의 애칭)의 전형이었고 ─ 그의 창작에 큰 영향을 미쳤다.

흐라발은 님부르크에서 초등학교를 마치고 이곳과 할머니가 살았던 브르노에서 중고등학교를 다녔지만, 학교생활에 잘 적응하지 못했고 자연이나 사람들이 모여 있는 시내에서 돌아다니길 좋아했다. 여름방학 때에는 부진한 학교 성적을 만회하려고 변호사이자 출판인인 외삼촌 보후슬라프 킬리안에게서 공부를 배우기도 했다. 흐라발은 1935년 프라하 카렐 대학교 법학부에 입학했다.

대학에 들어가서는 그간 학교 생활에 부진했던 시기를 만회하듯 지식과 교양을 쌓는 데 열중했다. 체코 철학자 라디슬라프 클리마, 칸트, 헤겔, 라이프니츠, 장자의 영향을 받았고, 또한 문학에서 모범을 찾던 시기였다.

흐라발은 특히 야로슬라프 하셰크, 리하르트 바이네르, 야쿱 데믈, 프란츠 카프카, 브루노 슐츠, 이사크 바벨, 프랑수아 라블레, 제임스 조이스, 안톤 체호프, 세르게이 예세닌 등의 작품을 즐겨 읽었다. 흐라발은 훗날 이들로부터 문학적 영감을 얻었고, 1936년에는 이탈리아 시인 주세페 웅가레티의 영향하에 시를 썼다고 술회했다. 하셰크의 선술집 이야기 형식이 흐라발의 소설에 많이 반영된 것은 평론가들에 의해 누차 논의되었다. 흐라발은 문학과 철학뿐만 아니라 음악과 미술, 영화에도 관심을 가졌다.

1939년부터 1945년까지 나치 독일 점령 시기에 대학이 폐쇄되자 흐라발은 이 기간 님부르크 근처 코스토믈라티에서 기차역 배차원으로 근무했다. 이 경험은 흐바발의 대표작 중 하나인「엄중히 감시받는 열차」에 반영되었다. 이후 보험 대리인(1946~1947), 행상(1947~1949), 클라드노 철공장 공원(1949~1952) 등 다양한 직업을 거치는데, 1946년에 대학 공부를 마치고 법학 박사가 되었지만 법률가로서 활동하지는 않았다.

심한 부상을 겪은 후 1954~1958년에는 프라하 리벤에 있는 파지 공장에서 일했고, 이는 후에「허풍선이 남작」과 유명한 소설「너무 시끄러운 고독」의 소재가 되었다. 1959~1962년에는 리벤에 있는 S. K. 네우만 극장(오늘날의 팔몹카 극장)에서 무대 장치 담당자로 일했다. 1956년 흐라발은 여러 작품에 '핍시'라는 이름으로 등장하는 엘리슈카 플레보바(1926~1987)와 결혼했는데 두 사람 사이에 아이는 없었다.

1945년 흐바발은 친구였던 시인 카렐 마리스코와 전전(戰前) 아방가르드 예술, 특히 체코 포에티즘과 초현실주의에 대한 탐구에 몰두하고 함께 「네오포에티즘 선언문」을 작성했다. 이후 그의 첫 시집인 『잃어버린 거리』를 출판하고자 했으나 1948년 2월 체코슬로바키아에 사회주의 정권이 수립되면서 무산되었다. 사회주의 정권이 규정한 예술 강령인 「사회주의적 사실주의」는 아방가르드 예술과 이념적으로 부합할 수 없었고 이런 성향의 작품의 출판을 허용하지 않았기 때문이다.

하지만 흐라발은 창작을 계속해 1947~1949년에 「카인의 전설」, 「늙은 베르테르의 고뇌」, 「엄중히 감시받는 열차」와 「성인과 중급자를 위한 댄스 레슨」의 초고를 썼다.

1950년대 초에 흐라발은 시인 이르지 콜라르와 소설가 요세프 슈크보레츠키 등이 소속된 지하 문학 단체에서 활동했다. 1950년 말에는 흐라발의 시적 소설 중 가장 뛰어난 「밤비니 디 프라가」와 「아름다운 폴디」가 집필되었다. 1956년 「사람들의 대화」가 체코 책 동호회 보고서의 부록으로 유통되었고, 1959년 '체코슬로바키아 작가' 출판사에서 「줄 위의 종달새」가 출간되기로 예정되었으나 전해에 슈크보레츠키의 체제 비판 소설 「겁쟁이들」로 야기된 엄청난 파문으로 취소되었다.

처음으로 출판이 성사된 작품은 1963년의 단편집 『바닥 위의 진주』였는데 흐라발은 이때부터 전업 작가로 활동했다. 이어서 1964년 『이야기꾼들(파비텔레)』, 『성인과 중급자를 위한 댄스 레슨』, 1965년『엄중히 감시받는 열차』가 출판되었다.
『성인과 중급자를 위한 댄스 레슨』은 소설 전체가 한 문장으로 구성돼 있는데, 달변의 노인이 젊은 처녀에게 자기 삶의 여러 경험과 에피소드를 이야기하는 내용으로 앞서 언급한 이야기꾼 삼촌 페핀과 하셰크풍 유머의 영향을 엿볼 수 있다.

출판되는 흐라발의 작품들은 수만 부씩 팔렸으며 연극과 영화로도 제작되었다. 1965년 흐라발은 체코슬로바키아 작가 연맹에 소속되었는데 공산 당국의 공인된 작가로서가 아니라 인내되는 작가로서였다. 점증하는 그의 인기는 감시의 대상이었지만, 1960년대 초반부터 이어진 사회주의 정권의 통제가 완화되는 분위기에서 흐라발 작품들의 출판이 지속될 수 있었다.

1968년 '프라하의 봄' 사회개혁이 바르샤바 조약군의 체코슬로바키아 침공으로 무산되고 이어 후기 스탈린주의적 '정상화 시기'가 도래하자 흐라발은 1970년 작가연맹에서 축출되고 출판 금지 대상이 되었다. 그의 책들은 도서관과 서점에서 사라졌다.

그러나 흐라발은 창작을 계속 이어 갔고, 이 시기 그의 소설은 더욱 정교해지고 완성도가 높아졌다고 평론가들은 평가한다.『삭발』(1970),『영국 왕을 모셨지』(1971).『시간이 멈춘 도시』(1973),『부드러운 야만인』(1973),『너무 시끄러운 고독』

(1976) 등의 많은 수작들이 '에디체 페틀리체'나 '에디체 엑스페디체' 같은 '사미즈다트'라 불리는 지하 출판이나 해외 출판사들을 통해 출판되었다.

1975년 주간지 《창조》에 공산당의 정책과 사회주의를 옹호하는 흐라발의 자아비판적인 짧은 인터뷰가 실리면서 다시 공식적인 출판이 허용되었다. 그러자 실망한 국내외의 반체제 지식인들로부터 신랄한 비판을 받기도 했다. 저항 시인 이반 마고르 이로우스는 프라하 캄파섬에 행사를 조직해 흐라발의 책들을 불태웠고, 카렐 크릴 같은 가수는 흐라발을 '매춘부'라고 불렀다. 그러나 인터뷰 내용이 당국의 검열에 의해 왜곡되고 이후로도 흐라발 작품의 출판이 엄격한 통제하에 놓여 있음을 아는 많은 독자들과 저항 지식인들은 흐라발을 이해했고 지지했다.

이런 상황에서 흐라발의 작품은 1970년대와 1980년대에 당국에 의해 검열된 버전과 지하 출판 및 해외 망명 출판 버전으로 유통되었다. 흐라발은 당국이 허용한 작가이면서 동시에 반체제 매체에서 활동하게 된 유일한 작가였다. 불명예스럽고 고통스러운 사건에도 불구하고 흐라발은 이에 아랑곳하지 않았고, 1980년대에도 「강변 도시」(1982), 「스모킹 없는 삶」(1986), 「골든 프라하를 보고 싶으세요?」(1986), 「가내 결혼식」(1986) 같은 작품을 집필했다.

1989년 벨벳 혁명을 통해 체코에 민주주의 체제가 회복되면서 흐라발의 수많은 주요 작품들이 체코 내에서 공식적으로 출판되었다. 1990년대에 흐라발은 스스로 '일종의 문학적 저널리즘'이라 칭한 글들을 썼는데, 주로 과거와 얽혀 있는 현재의 사건들을 다루었다. 「마술피리」(1990), 「11월의 허리케인」(1990), 「여울 가의 오로라」(1992) 같은 작품들이 이 시기에 발표되었다. '프라하의 상상' 출판사는 1991년부터 흐라발의 작품들을 모아 총 열아홉 권의 선집을 출판했다.

보후밀 흐라발은 1997년 2월 3일 몇 달간 입원해 있던 '나 불롭체' 병원 5층에서 추락해 사망했다. 그가 비둘기들에게 모이를 주려다 실족한 것인지, 그와 가깝던 친구들의 주장대로 자살인지는 분명하지 않다. 다만 사망하는 날 흐라발은 친구에게 꿈에 나타난 죽은 시인 카렐 흘라바체크로부터 초대를 받았다는 말을 했다고 한다.

흐라발은 흐라디슈트코에 있는 묘지에 온 가족과 함께 묻혀 있다. 흐라발은 사이페르트 상(1993) 등 여러 문학상을 받았고, 1996년에는 그의 문학적 공로를 기려 당시 대통령이었던 극작가 바츨라프 하벨이 공로 훈장을 수여했다.

보후밀 흐라발은 문학사적으로 매우 독특한 작가다. 이미 1940년대 이전부터 창작을 했지만 20년이 지난 1960년대에 비로소 일반 독자들에게 알려졌고 커다란 호응을 얻었다.

그러나 통제와 억압이 강화된 1970, 1980년대의 사회적 환경에서 당국의 검열이 가해진 작품과 지하 출판을 통해 유통되는 작품의 작가로 활동하는 이중적이고 아이러니한 위치에 놓였다.

그의 소설들에 등장하는 인물들은 대개 사회 변방에 거주하는 소시민이나 낙오자, 방관자가 주를 이루지만, 이들은 암울한 현실에서도 낙천적이고 긍정적인 삶을 추구한다. 그들은 극히 일상적 일들을 떠벌리면서 과장하고 희화하고 삶의 아름다움을 표현한다.

흐라발은 이런 인물들을 그의 주변에서, 혹은 즐겨 다니던 맥줏집에서 발견하고 관찰해 작품에 등장시키면서 이들을 '파비텔레(Pábitelé)'라고 명명했다. 동사 'pábit'은 본래 체코 시인 야로슬라프 브르홀리츠키가 '흡연을 하기 위해 자리를 뜨다'라는 의미로 처음 사용했다고 한다. 흐라발이 여기에 끊임없이 무한정 이야기를 늘어놓는 사람을 지칭하기 위해 '…를 하는 사람'을 뜻하는 어미 '-tel'을 붙여 'Pábitel'이라고(é를 붙이면 복수) 사용한 신조어다. 속어, 슬랭, 블랙 유머, 판타지를 거리낌 없이 구사하는 이들은 흐라발의 대부분의 소설에 등장하며 흐라발 소설의 특색이 되었다. 우리말 대응어로는 '이야기꾼'이나 '입담꾼'이 가능할 것이다.

흐라발의 소설들은 초현실주의나 사실주의 같은 일정한

틀로 파악하기에는 매우 광범위한 문학적 스펙트럼을 보여 준다. 그 안에는 다다이즘, 초현실주의, 체코 포에티즘, 사실주의적 요소들이 내재해 서로 어우러져 있다. 다양한 직업과 삶의 터전에서 관찰한 인물들의 입을 빌려 기술하는 대부분 일상적인 이야기는 독자의 예상을 벗어나는 결말로 끝나 버리기 일쑤다. 작가는 구체적인 플롯을 구성하거나 사건의 결말을 제시하는 데 중점을 두는 것이 아니라서, 독자는 등장인물들이 들려주는 에피소드나 그들의 시각, 자유로운 상상, 과장된 언어 표현 등에 주목하게 된다. 오히려 이런 요소들이 이야기를 이끌어 간다고 말할 수 있고 그로써 이야기와 그 안에 담긴 주제를 다면적으로 고찰할 수 있다. 이 점이 흐라발의 유니크한 소설 기법이며 그의 전 작품에 공통되는 특색이다.

이런 의미에서 이 책에 처음으로 번역하여 소개하는 「이야기꾼들」(또는 「파비텔레」) 단편집은 흐라발 소설 전반의 특색을 잘 드러내 주는 작품이다. 흐라발이 경험한 20세기 체코의 억압과 암울의 시대 그리고 그 안에 사는 사람들의 낙천성을 희비극적으로 대조함으로써, 한편으로는 주어진 현실에 대해 간접적으로 비판하고 또 한편으로는 그 시대의 중압감으로부터의 자유와 순수한 삶의 아름다움을 지향하는 인간상을 그린 흐라발은 체코를 넘어 전 세계 독자들에게서 공감을 얻고 있다.

이야기꾼들

1판 1쇄 인쇄	2024년 4월 15일
1판 1쇄 펴냄	2024년 4월 20일

지은이	보후밀 흐라발
옮긴이	송순섭, 김경옥
발행인	박근섭·박상준
펴낸곳	(주)민음사

출판등록	1966. 5. 19. 제16-490호
주소	서울시 강남구 도산대로 1길 62(신사동)
	강남출판문화센터 5층(06027)
대표전화	02-515-2000
팩시밀리	02-515-2007
홈페이지	www.minumsa.com

한국어 판 © (주)민음사, 2024. Printed in Seoul, Korea
ISBN 978-89-374-7028-8 94800

* 잘못 만들어진 책은 구입처에서 교환해 드립니다